생텍쥐페리가 사랑한 땅

사하라를 걷다

생텍쥐페리가 사랑한 땅

사하라를 걷다

주형원 글·사진

니케북스

- 생텍쥐페리의 일부 인용구는 펭귄클래식코리아와
  부북스의 〈인간의 대지〉 번역본에서 발췌했습니다.

- 서적 안의 일부 사진은 '사막의 멜로디(Mélodie du désert)'의
  허락을 받아 사용했습니다.

별에 이를 수 없는 것은 불행이 아니다.

불행한 것은 이룰 수 없는 별을 가지고 있지 않은 것이다.

– 엘리자베스 퀴블러 로스, 데이비드 케슬러 〈인생 수업〉 중

진정한 의미로서의 고독을 동경하며

한 번쯤 사막에 가서 살고 싶은 이들에게

이 책은 고운 별이 되어줍니다.

여행자로서의 객관적인 통찰과,

감성이 살아 뛰는 작가로서의 섬세한 필치가 돋보이는

이 책을 통해 우리는 굳이 물리적인 사막체험을

하지 않고도 일상의 사막을 잘 건너는 법을,

평범한 것들에 감추어져 있는

비범한 삶의 지혜를 배우게 됩니다.

한 편의 시처럼 아름다운 〈사하라를 걷다〉에서 만나는
생텍쥐페리의 언어들도 새삼 빛을 발하는 기쁨!
어딘가에 오아시스가 숨어있는 일상의 사막에서
마음의 별을 찾아 잠시 쉬어가시길 바랍니다.

이해인(수녀.시인)

삶이라는 사막에서

별을 따라

걷는다는 것은

파울 클레의 전시에 갔다가 우연히 한 그림을 보고
한참을 그 앞에 멈춰 서 있었다.
낙타가 혹 위에 별을 달고 사막을 걸어가는 그림이었다.
그 그림을 보면서 나와 내 삶이
저 낙타와 사막 같다고 생각했다.
낙타는 태어날 때부터 무거운 혹 위에
꿈이라는 별 하나만 달고서

아무것도 없이 홀로 끝없는 사막을 걸어간다.

사륜차나 비행기로 쉽고 빠르게 넘어가는 것이 아니라,

언제 끝날지 모르는 사막을 아주 천천히, 힘들게 걸어 나간다.

그것 말고는 달리 할 수 있는 것도 없으니까.

그때부터였다.

힘이 들 때면 늘 이 그림을 떠올렸다.

그러면 신기하게도 마음이 조금이나마 위로받는 것 같았다.

그렇게 스스로를 위안했다.

저렇게 별을 따라 걷다 보면

언젠간 사막을 모두 건너게 될 거라고.

사막만 건너면 지금의 힘든 시간도 모두 끝날 거라고.

그때부터는 인생에 꽃길만 펼쳐질 거라고.

하지만 사하라 사막을 걸어서 여행한 이후로

똑같은 그림이 이제는 다르게 보인다.

사막은 인생에서 지나가는 어느 특정한 구간이 아니었다.

삶, 그 전부였다.

사람의 생명을 구하는 것은

오직 한 걸음을 내딛는 것이다.

그리고 또 한 걸음.

항상 같은 걸음일지라도 내디뎌야 한다.

- 생텍쥐페리 〈인간의 대지〉 중

사막의 끝은 생의 끝인 셈이었다.

그러니 벌써 사막이 끝났다고

마냥 기뻐하거나 좋아할 수도 없는 노릇이었다.

사막은 결국 우리가 죽을 때까지 건너야 하는 인생이었다.

그림이 다르게 보이기 시작하자

동시에 다른 희망이 생겼다.

따라 걸을 수 있는 별 하나만 있다면

단조롭고 삭막해 보이기만 하는 사막도

형형색색으로 아름답게 펼쳐지지 않을까?

그렇게 보니 사막을 건너고 있는 저 낙타가

더 이상 불쌍해 보이지도, 불행해 보이지도 않았다.

오히려 행복하고 자유로워 보였다.

누군가가 얹어준 짐이 아닌

자신만의 짐인 혹 위에 오직 별 하나만 얹고,

낙타 몰이꾼이 당기는 줄에 끌려다니지 않고

온전히 자신의 네 발로 사막을 걸어가고 있는 낙타가.

삶이라는 사막에서 우리는 늘 타는 듯한 갈증에 시달린다.

이 갈증 때문에 발을 헛디딜 때도 있지만,

어둠 한가운데서 고개를 들어

별을 찾을 수 있는 용기도 준다.

온 세상이 빛날 때는 자신의 실체를 감추다가

정작 어둠이 찾아오면 그제야 하나둘씩 제 모습을

드러내는 것이 별이니까.

그렇게 나타난 수많은 별이 모여 은하수가 되고,

사막의 하늘에 반짝거리는 길을 낸다.

누구나 인생이라는 사막을 건넌다.

그저 어떻게 건너는가에 달린 일이다.

스쳐가든, 지나가든, 사막의 안으로 들어가든 각자의 일이다.

좀체 자신을 허락하지 않는 사막이지만

나는 아주 오랫동안 시간을 들여

사막 안으로 들어가려고 노력 중이다.

나의 리듬으로, 사막의 리듬으로….

언젠가는 사막의 하늘 위에 반짝이는 별이 될 수 있기를

기도하며.

사하라 사막에 다녀와서 이 글을 쓰고, 연재하고,
또 한 권의 책으로 엮어가는 이 모든 과정이
나에게는 사막같이 팍팍한 일상에서
절망하거나 포기하지 않고
앞으로 걸어 나가게 하는 별빛이 되어 주었다.

니케북스와 다음 브런치 팀을 비롯하여
이 별을 따라 걸어갈 수 있도록 격려해주고 도움을 준
모든 이에게 진심으로 감사드린다.
또 희망해본다.
당신의 삶에는 사막이 아닌 꽃길만 펼쳐지기를.
혹여 그렇지 않더라도,
언제든 따라 걸을 수 있는 별 하나를
항상 혹 위에 지니고 있기를.
그리하여 누구보다 아름다운 사막을 걸을 수 있기를.
그렇게 걷다 보면 우리도 언젠가는 별이 되어
은하수에서 만나게 되지 않을까?

사하라 사막 밤하늘의 반짝이는 별처럼 빛나는 우리 모두에게
이 책을 바친다.

2019. 주형원

그렇게

우연이

다가왔다

20

사물이든, 사람이든 서로 인연이 닿는 시기가 있다.
내 짝이 될 사람이 바로 옆에 있어도 알아보지 못하고,
내 인생의 영화나 책을 시작부터 외면할 때도 있다.
인연이 닿아야 모든 것이 시작된다.
내가 내 인연을 알아볼 수 있을 정도로 성숙해졌거나
아니면 절실해졌을 때가 그런 인연을 만날 때일지도 모른다.

소설 〈어린 왕자〉로 더 잘 알려진

생텍쥐페리의 〈인간의 대지〉를 만난 것이 그 시작이었다.

2차 세계 대전이 한창이던 당시

이 책은 출간되자마자 베스트셀러가 되었고

생텍쥐페리를 세계적인 작가로 만들었다.

〈어린 왕자〉가 생텍쥐페리의 경험을 바탕으로 한 소설이라면,

생텍쥐페리의 자전적인 에세이인 이 책은

사실 그리 눈에 띄지는 않았다.

몇 장 넘기지 못하고 '나중에 읽어야지' 했던 것이 수십 번.

그렇게 몇 년이 지났을까? 우연한 기회였다.

생텍쥐페리는 마르세유에서 세네갈로

우편물을 운송하는 파일럿이었다.

그는 사하라에서의 모험 및 조난 경험,

그리고 사하라의 아름다움을 예찬했다.

이 책에서 사하라는 단순히 지리적인 어떤 장소가 아니었다.

생텍쥐페리에게 사하라는 자유 그 자체를 의미했다.

★

진정한 풍요로움은 오직 이곳 사막에서만 가질 수 있었다.

모래의 위엄, 밤, 침묵, 바람과 별의 나라는 여기서만 소유할 수 있었다.

- 생텍쥐페리 〈인간의 대지〉중

그래서였을까?

출근길에 이 책을 읽기 시작한 뒤 몇 주 동안

출근길 내내 그와 함께 사하라의 고공을 비행했다.

지하철에서 나오면 사라져버릴 나의 자유를 열렬히 갈망했다.

늘 참아야 하는 것과 견뎌내야 하는 것들은 존재했고,

나에게 있어 여행은 늘 참을 수 없는 욕망이었다.

책을 읽으며 별이 빛나는 사하라 사막의 밤을 비행했고,

그러다 문득 사하라 사막에 가야겠다고 결심했다.

온종일 이 생각만 하면 가슴이 뛰었다.

가지 않아야 할 이유는 많았고,

가야 할 이유는 '내가 원한다는 것' 단지 이 하나뿐이었지만,

나는 알고 있었다.

간절히 원하는 걸 해야 할 이유가

하지 않아야 할 이유에 묻혀버리는 순간

삶은 팍팍한 사막이 되어버린다는 것을.

이미 많은 것을 내일로, 기약할 수 없는 미래로 미루며

하루하루 살아내고 있었지만

이번만큼은 미루고 싶지 않았다.

그렇게 그 한 권의 책을 다 읽기도 전에
회사에 휴가를 냈다.
모로코와 알제리 국경 근처, 사하라 사막 입구인
'마미드'라는 작은 마을에 있는 현지 여행사를 찾아 연락했고,
마지막 책장을 덮은 날 모로코행 비행기표를 샀다.

떨어지는 별과

지나가는 소원

별똥별은 너무도 환상적이고 신비로운 존재다.

도시에서 살아가는 우리에게는

좀처럼 그 모습을 드러내지 않고,

소원을 빌면 들어준다는

묘한 기운까지 지니고 있으니 말이다.

우주를 헤매던 먼지가 타오르는

채 1초도 안 되는 짧은 시간 동안만

세상의 모든 부는

별자리들 사이에서 길을 잃고 헤매는

먼지 알갱이 하나에 깃들어 있었다.

– 생텍쥐페리 〈인간의 대지〉 중

지구에 사는 우리는 별똥별이 떨어지는 것을 볼 수 있다.

물론 이것도 운이 아주 좋아서

그 찰나를 포착할 수 있을 때의 이야기다.

먼지가 우주에서 타오를 때는

이 먼지가 별보다 더 찬란하게 빛난다.

아무도 보지 못했던 우주 먼지에서

모두가 보기를 바라고

운 좋게 보게 되면 소원을 빌고 싶어 하는 별똥별이 되기까지

그 시간은 얼마나 길고도 지난할까?

자신을 태워 빛을 내지 않으면 불가능한 이야기이기도 하다.

별이 되어 떨어진 먼지는 완전히 소멸하지 않으면

종종 지구에서 운석으로 발견된다고 한다.

가끔 우리의 삶도 이처럼

우주를 헤매는 먼지와 같다는 생각이 들 때가 있다.

아니다.

우주의 탄생 역사로 봤을 때는 그렇지 않을 수도 있겠다.

기나긴 역사 속 단 1초도 안되는 시간을

지구에 머물다 사라지는 우리의 존재는,

어쩌면 억겁의 시간 동안 우주를 헤매고 있었을 먼지보다도

훨씬 더 가볍고 미미한 존재일지도 모른다.

그런 우리에게도 별똥별을 보며 빌고 싶은 소원이 있다.

어떤 이에게는 그것이 꼭 이루고 싶은 꿈일 테고,

또 어떤 이에게는 사랑일지도 모른다.

분명한 건, 먼지가 타올라 별똥별로 떨어지는 그 찰나에

떠올릴 수 있는 간절한 무언가가

진정으로 바라는 소원이라는 것이다.

여행의

시작 나만의 비밀 서랍

31

"어디로 가는데?"

"사하라 사막."

"남편이랑?"

"아니."

"그럼 누구랑?"

"혼자."

"너 혼자 사막에 간다고?"

전혀 이해할 수 없다는 눈길로 재차 묻는 그녀를 보며

나는 안타까움을 느꼈다.

혼자 떠나는 즐거움을 모르는 그녀는

아마도 삶에서 혼자만 열 수 있는 비밀 서랍을 지니는

그 두근거림과 설렘도 모를 테니까.

늘 함께 있고, 모든 것을 함께한다고 해서

반드시 많은 것을 공유하는 것이 아님을 이제는 알고 있다.

남편과 나는 결혼 전에 아주 오랜 기간 서로를 알아왔다.

그 기간에도 나는 혼자 장기 여행을 떠나곤 했다.

물론 결혼하고 나서도 가끔씩

혼자 불쑥불쑥 어디론가 떠나곤 했다.

그렇게 여행을 다녀온 뒤에는

그에게 내가 겪고 본 것들을 장황하게 전해주었고,

그는 마치 자신이 여행을 다녀온 것처럼

흥미롭게 들으며 즐거워했다.

그가 내게 그랬듯 나 역시 그에게

여행을 다녀오라며 혼자만의 시간을 선물하기도 했다.

그렇다고 해서 우리가 함께 떠나지 않는다는 것은 아니다.

우리는 만나서 지금까지 누구보다도 많은 여행을 해왔다.

중고차를 사서 호주 사막을 횡단하기도 했고,

산티아고 길을 네 번에 걸쳐서 함께 걷기도 했다.

물질은 있다가도 사라질 수 있지만,

추억은 영원하다고 믿는다.

우리는 우리의 통장 잔고와 비교할 수 없을 만큼의

추억을 저축한 거라고 생각한다.

함께 떠나는 것과 별개로, 각자만의 비밀 서랍이 있다는 것.

그리고 그곳을 열어서 꺼내 보일 수 있는

보물 같은 이야기가 있다는 것은 참 소중하다.

이 사실만으로 지금까지 우리는

서로의 은하수 안에서 별로 빛날 수 있었다.

함께여서 좋고, 혼자여서 좋은 관계가 우리였고

그렇기에 또다시 홀로 사막으로 떠날 수 있는 용기를 얻었다.

혼자 사막에 가겠다고 결심했을 때

사랑은 서로가 서로를 바라보는 것이 아니라

같은 방향을 함께 바라보는 것이다.

− 생텍쥐페리 〈인간의 대지〉 중

© mélodie du désert

마음의 부담이 전혀 없을 수는 없었다.

여자 혼자 가이드를 고용해서, 그것도 단둘이

사막으로 떠나는 건 결코 좋은 생각이 아니다.

최대한으로 안전한 여행을 위해서

소규모 그룹으로 트레킹을 할 수 있는 투어를 알아보았다.

드디어 발견한 여행사는 사하라 사막 초입에 위치해 있었다.

사막 마을에서 태어나고 자란

내 나이 또래의 사하라 부족 출신이 차린 현지 여행사였다.

유목민과 사막에 왔다가 그와 사랑에 빠진

프랑스 자연치료사가 함께 설립했다는 이야기를 들었다.

이곳을 소개하는 글을 몇 마디 읽자마자

여기가 바로 내가 원하는 곳이라는 확신이 들었다.

'사막의 멜로디'라는 이 작은 여행사의 이름도 한몫 거들었다.

어디선가 정말로 음악이 흘러나올 것만 같았다.

저 광활한 사막에서 들려오는 멜로디라니….

참으로 근사하다.

이들은 일반적으로 자동차가 다니는 사막의 길을 피해

'사막의 유목민'이라는 인적이 드문 길의 트레킹을 제안했다.
오랫동안 사막 유목민들이
양 떼를 데리고 걸어 다니던 길을 따라
모래 언덕과 오아시스를 사이에 두고
약 일주일간 걷는 코스였다.
잠도 유목민처럼 사막 한가운데서 텐트나
아니면 텐트도 없이 쏟아지는 별 아래에서 노숙해야 했다.

"이 여행은 사하라 문화를 함께 공유하고자 하는 초대입니다."

'초대'라니. 여행사에서는 보기 드문 소개 문구다.
가만 살펴보니 사막에서 여전히 유목민으로 사는 사람들의
삶을 보호하는 것이 가장 중요한 가치란다.
이들은 정착한 유목민이었지만,
여전히 사막에서 옮겨 다니며 살고 있는 유목민들을
자신들의 가족으로 여기고 있었다.

물론 전혀 알지 못하는 사람들과 아무것도 없는 사막으로

"어디로 가는데?"

"사하라 사막"

"남편이랑?"

"아니"

"그럼 누구랑?"

"혼자"

걸어 들어간다는 것이 걱정되지 않는 건 아니었다.
도심 한가운데서 위험한 일이 일어나도
도와줄 사람이 많지 않은데,
휴대폰도 터지지 않는 사막 한복판에서
나에게 무슨 일이라도 생기면 어쩌나 싶기도 했다.
게다가 많은 이들이 가는 사하라 트레킹 코스가 아닌

인적이 드문 길을 택해 간다는 사실도 걱정을 더했다.

함께 할 여행사도, 사막으로 같이 떠나게 될 다른 여행자들도
모두 모로코에서 처음 만나서 사막을 함께 걸으며
서로를 알아가야 하는 상황이었다.
덜컥 겁이 났다. '이러다가 사막에서 납치라도 되면?'
이렇게 떠나기 전날까지도 내 마음은 시계추처럼
두려움과 떠나고 싶은 욕망 사이를 수십 번도 더 오갔다.
하지만 그럼에도 불구하고 직감을 믿어보기로 했다.
'지금, 여기다' 싶은 직감에 나를 한번 맡겨보기로 했다.

드디어 떠나는 날 아침이다.

비행기 시간이 오후라 아침에 푹 자고 일어나려 했지만,

어떻게 된 게 출근할 때보다 더 일찍 눈이 떠졌다.

역시 좋아서 하는 일은

누가 등 떠밀지 않아도 하게 되는 것처럼,

좋아서 시작하는 아침에는

알람이 울리지 않아도 저절로 눈이 떠진다.

마침 한국은 설 당일이라 아침부터

새해 복 많이 받으라는 메시지가 잔뜩 와 있었다.

작년 새해에도 사하라로 떠났었는데

올해도 사하라로 떠나게 되었다.

계획한 건 결코 아니지만

두 번의 다른 새해를 사하라 사막에서 보내게 된 셈이다.

두 번 맞는 새해처럼 나에게 이번 여행은

두 번째 기회가 주어진 게 아닐까?

사하라 사막을 속속들이 살펴볼 수 있는 기회 말이다.

일주일 동안 보지 못할 남편을 지하철역까지 데려다준 후

다시 짐을 챙겨 나가려고 집에 돌아오자

그에게 문자가 와 있었다.

"사막을 즐기고, 눈에 잔뜩 담아서 와. 사진도 많이 찍고.
꼭 연락하고. 사랑해."

남편은 사랑한다는 말을
내가 아는 모든 사람 중에서 가장 아끼지 않는 사람이고,
동시에 그 사랑한다는 말을 아무리 많이 해도
닳지 않게 하는 사람이다.
남편의 메시지를 보며 지난해 사하라에서 새해를 보낼 때
베르베르 유목민 가이드가 했던 말이 떠올랐다.

"사막에서 별똥별 두 개를 보면, 그건 진정한 사랑이야."

그는 연인에게는 별똥별 두 개가
진정한 사랑을 의미한다고 했고,
다른 이들에게는 행운을 뜻한다고 했다.

"별똥별 두 개를 보면 소원이 이뤄질 거야."

우리는 그날 밤
별똥별 두 개를 봐야 소원을 이룰 수 있다는 말에
수많은 별들로 넘실거리는 사하라 사막의 밤하늘을
보고 또 보았다.
아무리 봐도 질리지 않았고,
이렇게 평생 볼 수도 있을 것만 같았다.
경이로운 자연의 앞에선 늘 그렇듯,
수많은 별을 보고 있으니 지금까지의 걱정과 근심이 모두
별것 아닌 것처럼 느껴졌다.

"매일 밤, 나도 내일의 행운을 위해
별똥별 두 개를 본 후에야 잠자리에 들어."

평생을 사막에서 살았고, 매일 저녁 별똥별을 볼 텐데
아직도 매일 밤 별똥별 두 개를 본 후에야 잠을 잔다는
가이드 아저씨의 말을 듣고,

우리의 삶도 타오르는 것일지도 모른다.

별똥별처럼

쓸쓸하고 외롭지만 순수한 영혼을 지닌 어린 왕자가 떠올랐다.

얼마 되지 않아 나도 결국 별똥별 두 개를 보는 데 성공했다.

오늘 아침, 남편이 보내온 메시지에서

일 년 전에 사하라에서 본 별똥별 두 개가 보였다.

그리고 생각했다.

별똥별 두 개의 의미가 진정한 사랑이라는 말도,

행운이 있을 거라는 말도 다 맞는 말인지도 모르겠다고.

어쩌면 인생의 가장 큰 행운은 사랑일지도 모르겠다고.

이렇게 사하라로 가는 여정이 시작되었다.

오늘의 운세와

현재를

타오르게 하는 힘

"오늘은 제 운세가 어떻게 되나요?"

매일 아침, 사무실에 출근하면 일간지를 읽고 있는 동료에게
종종 나의 오늘의 운세를 물어보곤 했다.
프랑스 일간지에는 한국의 일간지처럼
매일매일 그날의 별자리 운세가 나온다.
다른 점이 있다면 운과 사랑, 직업, 돈, 건강까지

★

마을이라고?

그렇다. 별들의 마을이다.

초소 위에서 보면 얼어붙은 듯한 사막,

움직임 없는 모래 물결만 있을 뿐이다.

별자리는 제대로 걸려 있었다.

– 생텍쥐페리 〈인간의 대지〉 중

총 다섯 분야로 세분되어 나온다는 것이다.

"오늘은 다 좋아."
"오늘은 별로야. 조심하라는데."

사실대로 말하자면
단 하루도 별자리 운세대로 흘러간 적은 없다.
그래도 오늘은 혹시나 하는 마음에 또 물어보게 되는 것이다.
좋다는 말에 나도 모르게 잠깐 기대하고 설레고,
별로라는 말에 긴장하며 오늘은 조금 더 신중해야겠다고
마음을 다잡게 되니까.
내가 가장 관심을 가지고 듣는 건 오늘의 운이다.
다른 분야는 나의 노력 여하에 따라
어느 정도 변할 수 있다고 생각했다면,
운은 순전히 하늘에 달려 있다고 믿었기 때문이다.
먼지에서 별똥별이 되기까지는
자신을 태워 빛을 내지 않고서는 가능하지 않은 것처럼,
우리도 간절히 원하는 그 무엇으로 타오르지 않으면

영원히 우주를 헤매는 먼지로 남게 될지도 모른다.
우리를 타오르게 하는 힘은 도대체 무엇일까?

인생에서 우리에게 일어나는 단 하나의 행운,
기적적인 사랑을 만났을 때
먼지 같은 우리의 삶이 타오르는 것일지도 모른다.
별똥별처럼, 우리의 삶 역시 더 이상 이 광활한 우주에서
먼지처럼 떠돌지 않게 될는지도 모른다.

© mélodie du désert

괜찮아,

여긴

마라케시야

여행에서 가장 긴 거리는

비행기를 타고 하늘을 가로질러 가는 수천 마일이 아닌

집에서 공항까지 가는 길이다.

사막에서 필요한 침낭과 겨울옷 등이 든 배낭과 카메라 가방을

어깨에 잔뜩 짊어지고 집을 나섰다.

마라케시행 비행기를 타야 하는 오를리 공항은

집에서 차나 택시를 타고 가면 결코 먼 거리는 아니지만

지하철이나 버스를 타면 몇 번을 갈아타야 하는

만만치 않은 여정이다.

가까스로 제시간 안에 출국 수속을 마치고,

한참을 버스를 타고 활주로를 돌고 돌아

드디어 비행기에 탈 수 있었다.

그리고 마라케시 공항에 도착한 지 한 시간이 지나서야

겨우 세관을 통과할 수 있었다.

벌써 지치기 시작했다.

'정말 괜히 사서 고생하러 왔나.'

속고 속이는 마라케시 공항의 택시들.

속이려는 자와 속지 않으려는 나 사이의 신경전을

치르고 나서야 겨우 택시를 잡아탔다.

일단 호스텔까지는 무사히 왔으니,

이제는 가장 중요한 미션만 남았다.

내일 길을 잃지 않고 미팅 장소를 찾아가는 것이다.

나는 배낭을 내려놓고 사전 답사를 떠나기로 했다.

호스텔에서는 지도를 보여주며

그러자 갑자기 그 고요한 세계가,

구름 위로 솟아오를 때 발견하게 되는 그 단조로운 조화의 세계가

내가 알 수 없는 어떤 가치를 지니고 있는 것처럼 여겨졌다.

- 생텍쥐페리 〈인간의 대지〉 중

"아주 쉬워요. 걸어서 5분이면 가요."라고 했지만,
호스텔 밖으로 나가자마자 보이는
여러 갈래의 골목과 장터 속에서 도무지 길을 찾을 수 없었다.

그때 한 꼬마 아이가 나타나 자기를 따라오라고 했다.
보나 마나 저러고 돈을 요구하겠다 싶어서 괜찮다고 했지만
아이는 어깨를 으쓱하더니 말했다.

"괜찮아요. 여긴 마라케시예요."

그 아이가 한 말이
'마라케시니까 어떤 일이 일어나도 놀라지 마라'는 의미인지
아니면 '마라케시니까 별일은 없을 거예요'라는 것인지는
정확히 알 수 없었다.
난 이후로도 마라케시에서 똑같은 말을 수도 없이 들었다.
하는 수 없이 속는 셈 치고 따라가자 곧 광장이 나왔고,
아니나 다를까 아이는 돈을 요구했다.
돈을 주는 게 결코 아이를 위한 것이 아님을 알았지만,

그의 애원하는 표정에 마음이 약해져서 잔돈을 건넸다.

드디어 나는 일 년 전에 왔었던

마라케시 최대의 야시장이 열리는

제마 엘프나 광장에 서 있었다.

밤의 재래시장을 걸어 숙소로 돌아가는 길에

나는 목을 죄고 있던 무언가가 풀어지며

다시 숨을 쉬는 것 같은 느낌이 들었다.

이미 지난해에 이곳에 왔었고,

그때 모로코를 떠나면서 마라케시는 내 취향이 아니라고

섣부른 판단을 내린 것이 후회스러웠다.

다시 찾아온 마라케시는 또 달랐다.

역시 사람과 도시는 한 번에 단정 지을 수 없다.

지난해 지독한 독감을 달고 왔었던 마라케시는

내게는 너무 시끄러웠고 번잡했으며

눈 뜨고 코 베일 듯한 두려운 곳이었다.

그러나 꼬불꼬불한 메디나의 어두운 골목을 따라

숙소로 돌아가는 길에 나는 이전에는 느끼지 못했던

마라케시만의 매력에 서서히 스며들기 시작했다.
마라케시의 밤은 그 어떤 이야기도 꿈꾸게 만드는
마법 같은 힘을 지니고 있었고,
아라비안나이트의 세계가 눈앞에 펼쳐지는 듯했다.

바다를

기억하는

사막

사하라 사막은 한때는 사막이 아닌 바다였다.

그래서 사막을 걷다 보면 가끔

조개껍데기 같은 지난 바다의 흔적이

황금빛 모래 사이에 숨겨져 있는 것을 볼 수 있다.

그럴 때면 아무리 걸어도 물 한 방울 찾을 수 없을 것 같은

사막 한복판이 아닌,

파도가 넘실거리는 해변의 모래사장에 와 있다는 환영에

잠시 빠져들기도 한다.

사구 위에 올라가 사막을 내려다보면

끊임없이 이어지는 모래 언덕들이 마치

굽이치는 파도처럼 보인다.

사막을 종종 모래 바다라고 부르는 걸 보면

사막에서 바다의 모습을 보는 사람이 나뿐이 아닌 것 같다.

사막 스스로도 수천 년 전에 자신이 바다였던 시절을

여전히 기억하고 있을까?

어떻게 그토록 많은 물을 품고 있던 곳이

지금은 이토록 메마른 사막이 되었을까.

비단 사막에만 국한되는 이야기가 아니다.

살아가다 보면 우리 마음도 사막처럼 황량해질 때가 있으니까.

한때는 빛나는 감정들로 출렁이던 마음이

어느 순간인가 메말라가고

그 안에서 꿈틀거리던 생명력도 모래로 뒤덮인다.

뜨거운 태양 아래에서 사막을 걷는 사람처럼

오직 피로와 지리멸렬함만이 남게 되는 것이다.

모든 나날이 바다로 가는 길처럼 아름답게 느껴진다.

- 생텍쥐페리 〈인간의 대지〉 중

나는 이렇게 마음이 사막으로 변해가기 시작할 때마다
바다를 기억한다.
한때는 주체할 수 없이 강렬한 감정들이
하루에도 수십 번, 수백 번씩 나를 파도처럼 덮치던 그때를.
지금은 그때 그 파도가 메말라 모래사막이 되었지만,
마음 깊은 곳에는 바다가 있다.

파도가 늘 좋은 것만은 아니다.
파도에, 바다에 한번 잠기면 영영 빠져나오지 못할까 봐
늘 조마조마했다.
사막에서는 모래가 눈처럼 푹신해서
달려가다가 엎어지거나 떨어져도 안전하다.
눈썰매를 타듯 미끄러져 내려오면 되니까.
우리는 사막 안의 바다를 찾아야 한다.
이 광활한 사막에서 어디에 숨겨져 있는지도 모르는 바다를
찾아가는 과정은 결코 만만치 않다.
걷고 또 걸어도 보이지 않고,
심지어 신기루를 샘물이라고 착각하기도 한다.

바다를   기억하는   사막

그러다가 어느 순간 사막에는 바다 따위는 없다고 믿게 된다.

그렇게 믿고 포기하는 편이 당장은 편하기에.

그럼에도 너무 늦기 전에 찾으러 떠나야 한다.

마음속 사막 깊숙이 감춰진 바다를.

광활한 사막의 지평선에 걸려 있는 망망대해를 상상해본다.

어쩌면 내 사막의 끝에도

파도가 넘실거리는 푸른 바다가 기다리고 있지 않을까?

마라케시에서

사하라로

가는 길

모로코에서 눈뜨는 첫 번째 아침이다.

깊은 잠에 빠졌다가 한밤중에 온 세상을 울리는

기도 소리에 잠을 깼다.

모스크마다 확성기가 있고

기도 소리가 서너 시간마다 곳곳에서 울린다고 했는데,

모두가 잠들어 있는 깊은 밤에도 예외는 아니었다.

마치 바로 옆에서 귀에 대고 소리치는 것 같아

그들도 우리와 닮은 사람들이었다.

다만 그들은 스스로 굶주려 있다는 사실을 알지 못할 뿐.

그렇게 자기 인생을 잠들게 내버려 두는 사람이 너무도 많다.

– 생텍쥐페리 〈인간의 대지〉 중

잠을 이루지 못하고 결국 기도가 끝나서야 다시 잠이 들었다.

하지만 그것도 잠시

기도는 얼마 지나지 않아 다시 시작되었다.

그렇게 자다 깨기를 반복하다 시계를 보니

이제 일어나야 할 시간이다.

더 누워 있고 싶었지만 아침 여덟 시 반에

약속 장소로 가야 사막으로 떠날 수 있다.

열 시간 넘게 차를 타고

사막 초입부에 위치한 마미드로 가는 일정이다.

호스텔 문을 나서는 순간

어제 어느 길로 돌아왔었는지 전혀 기억이 나지 않았다.

어차피 앞에 보이는 두 갈래의 길 중 하나라

왠지 더 낯익어 보이는 곳을 택해서 가려다가 혹시 몰라서

지나가는 모로코 아주머니에게 확인 삼아 물어보았다.

모로코 아주머니를 따라 이 골목 저 골목으로

한 15분 정도 걸어가자 어제 미리 탐사를 왔던

제마 엘프나 광장에 도착할 수 있었다.

어제저녁에는 야시장이 열려 그토록 붐비던 광장이

오늘 아침에는 언제 그랬냐는듯 고요했다.

마치 꿈을 꾼 것만 같았다.

약속 시간까지는 아직 15분이나 남있다.

혼자서 찾아오려고 했다면 아직도 헤매고 있었을지도 모른다.

약속 장소에서 기다리는데 여덟 시 반이 다 되어가도
가이드는커녕 같이 가는 일행으로 보이는 사람들도
아무도 나타나지 않았다. 덜컥 겁이 나기 시작했다.
'아무도 안 오는 거 아니야?'
직감만 믿고 휴가를 내서 힘들게 비행기를 타고
아침 일찍 일어나 나왔는데 아무도 오지 않는다면,
생각만 해도 아찔했다.

아차 싶은 마음에 여행사 관계자에게 연락하자
다행히 곧 도착할 예정이라고 했다.
얼마 후 우리를 마미드까지 데려다줄 운전기사가 왔고,
사막에서 일주일을 함께 보낼 일행이 속속 도착했다.

중년으로 보이는 프랑스 자매 엠마와 로르,
현재는 은퇴하여 모로코에 살고 있는 피레네 지역 출신의
프랑스 수학 선생님 레지스,
그리고 벨기에에서 온 내 나이 또래의 여성 끌레르가 있었다.
나머지 일행은 목적지에 도착해서 만난다고 했다.

차는 크지 않았고,

우리는 짐을 먼저 넣은 후 간신히 끼어서 다 탈 수 있었다.

처음 보는 사이라 아무래도 초반에는 조금 어색했지만,

차가 출발하고 시간이 조금 지나자 우리는 이미 서로를

어느 정도 알고 지낸 사이처럼 웃고 떠들기 시작했다.

마라케시를 빠져나가니

아직 꼭대기에 눈이 채 녹지 않은 거대한 산과

그 아래로 넓은 골짜기와 올리브 나무들이 펼쳐졌다.

아직 사막에 도착하지도 않았는데 이미 절경이었다.

나는 몸을 잔뜩 웅크려 끼어 탄 차 안에서

안전벨트도 매지 못하고 엉덩이만 겨우 걸치고 있자니

굽이굽이 산등성을 타며 내려가는 차에 맞춰

몸이 계속해서 이쪽저쪽으로 기울어졌다.

우리는 처음 만났을 때의 어색함도 잊고

어느 순간 차에서 나오는 노래를 함께 따라 부르고 있었다.

모두 사는 곳도 다르고 살아온 배경도 달랐지만

자연과 여행을 사랑하며

평소에도 걷는 것을 즐긴다는 점이 같았던 거다.

이런 공통점은 타인에 대한 열린 자세, 조금 불편하더라도

서로를 위해 기꺼이 불편을 감수한다는 의미도 된다.

마라케시에서 사막으로 가는 길만으로도

이미 멋진 여행이었다.

사막에는 짙은 황혼이 드리우기 시작했고,

어느새 달이 빼꼼히 얼굴을 내밀었다.

차는 사막 마을을 지나 길이 없는 진짜 사막으로 들어섰고,

우리는 마침내 사막에 있는 텐트에 도착하였다.

본격적으로 사막을 걷기 전날인 오늘 밤만

숙소의 정착된 텐트에서 밤을 보내게 된다.

내일부터는 그날그날 걸어서 도착하는 사막의 한 지점에

공동 텐트를 치고 그 안에서 잔다.

별을 보며 자고 싶다면

텐트 밖 모래 위에 침낭을 펴고 자도 된다.

샤워는 물론 불가능하다.

어떻게 보면 오늘 밤은 문명과 헤어지고 본격적으로

사막 유목민의 삶으로 들어가기 전의 준비 단계인 셈이다.

텐트 위로는 수많은 별이 은하수를 이루며 반짝거리고 있었고,

우리는 각각 텐트를 배정받고 짐을 놔두고는

공동 텐트 역할을 하는 메인 텐트로 갔다.

나는 프랑스 자매와 같은 텐트를 쓰기로 했다.

도착한 기쁨과 함께 드디어 하루 만에 제대로 먹는 식사인

모로코 전통 음식 쿠스쿠스를 먹을 수 있었다.

어제저녁부터 오늘 여정을 위해 거의 아무것도 먹지 못하다가

마주한 쿠스쿠스는 정말 꿀맛이었다.

식사를 하면서 우리 그룹에 합류하기 위해

이미 이틀 전에 이곳에 도착해서 기다리고 있던

프랑스 엄마 솔렌과 그녀의 네 살짜리 아들도 만날 수 있었다.

이렇게 길고 길었던 하루는

내일부터 걷기 시작할 사막 한가운데에 있는

정착 텐트에서 보내는 밤으로 마무리되었다.

아직도 사하라 사막으로 다시 돌아온 것이

실감이 나지 않았다.

영혼의

모래바람

사막을 걷다 보면 갑자기 모래바람이 몰려올 때가 있다.
휘몰아치는 바람에 모래가 섞여 기습 공격을 시작하면
본능적으로 눈부터 감게 된다.
눈에 모래가 들어가는 것을 막기 위해서다.

두려움도 모래바람과 같다.
몰려오면 나도 모르게 눈을 질끈 감게 된다.

어쩔 수 없다.

이 시련이 부디 지나가기를 바라면서도

제자리에서 한 발자국도 떼지 못한다.

등을 돌리고 돌아선다.

대부분의 모래바람은 곧 지나가지만,

어떤 모래바람은 한참 동안 휘몰아치는 경우도 있다.

두려움도 이 모래바람처럼 가끔씩

별다른 이유 없이 엄습해오곤 한다.

그렇다고 이 두려움이 여태껏 차곡차곡 쌓아온

내 마음의 방파제를 넘어서는 일은 흔치 않다.

하지만 가끔은 이 방파제조차 무너질 때가 있다.

순식간에 우리의 영혼을 덮친다.

두려움의 모래바람은 우리의 눈을 가리고

별처럼 빛나던 우리의 빛도 가린다.

오로지 미지의 것만이 인간을 두렵게 한다.

하지만 일단 맞닥뜨리고 나면, 그것은 더 이상 미지의 것이 아니다.

- 생텍쥐페리 〈인간의 대지〉 중

사막에서 만난

행복한 광대,

솔렌

"여기에 와서 너무 행복해.
지구상에 이런 곳이 존재한다는 사실도."

그녀를 만나기 전에는 상상도 하지 못했다.
이번 사막 여행에서 광대를 만나리라는 것을.
그녀는 나와 거의 비슷한 나이의 삼십 대 여성이며,
일주일 가까이 아무것도 없는 사막 여행에

네 살짜리 아들을 데려올 정도로 용감한 엄마였지만,
동시에 아이의 선크림과 침낭은 챙길 생각도 하지 않은
무모한 엄마이기도 했다.
어쩌면 용감함과 무모함은 동의어일지도 모른다.
아이를 위해 늘 철저히 모든 것을 준비하려는 부모는
아이와 이런 여행을 떠날 생각조차 하지 않을지도 모른다.

어제 장장 열한 시간 동안 차를 타고 사막 초입에 위치한
숙소에 도착해서 머리 위의 수많은 별을 보며
나는 다시 사막에 돌아온 것을 실감했다.
하지만 어둠에 가려 모래는 아직 보지 못했었다.
오늘 아침, 비로소 황금빛 모래를 보고 나서야
내가 사막에 와 있다는 사실을 피부로 느끼기 시작했다.

아침을 먹으러 가니
몇 시간 전 새벽에 도착한 중년의 프랑스인 선생님과
그녀를 보러 모로코에 놀러 온 그녀의 조카,
그리고 조카의 단짝 친구가 와 있었다.

산다는 것은 서서히 태어나는 것이다.

이미 다 완성된 영혼을 빌리는 것은 너무도 쉬운 일일 것이다.

– 생텍쥐페리 〈전투 조종사〉 중

카사블랑카에서 기차를 타고 마라케시로 가서 차를 타고
새벽 내내 달려서 이제 도착한 것이다.
"피곤하지 않아?"
내가 물으니 고등학생 정도로 보이는 클라리스와 가이아르는
괜찮다며 웃음을 지어 보였다.
이로써 우리 그룹은 총 열 명.
네 살 꼬맹이부터 십 대인 고등학생, 60세가 넘는 퇴직자까지
다양한 연령과 직업의 집합체였다.

아침을 먹고 사막에서 일주일 동안 우리와 함께할
유목민 가이드들을 만났다.

가이드인 하리파와 베르베르 출신의 요리사 이브라임,
낙타를 지키는 목타르, 그리고 이런저런 잡다한 일들을 돕는
하리파의 가까운 친구 모하메드까지 이렇게 네 명이다.
그리하여 약 일주일간 사하라 사막을 걸어서 횡단할 모임이
완벽하게 꾸려졌다.
이들은 우리가 사막을 여행할 동안 필요한 짐을

낙타에 옮겨 실었다.

우리는 모든 일정을 걸어서 이동하기로 되어 있었고,
네 살짜리 샤샤만이 낙타를 타고 이동하기로 했다.
네 살짜리 어린아이에게는 아직 뜨거운 사막에서
하루에 적어도 네다섯 시간씩 걷는 것은 무리일 테니까.
샤샤의 엄마 솔렌은 낙타에 탄 샤샤와 함께 걸음을 맞추고,
나는 일행의 맨 뒤에서 천천히 걸어가며 내 리듬대로
경치를 즐기다 보니 우리는 어제저녁에 처음 만났음에도
자연스럽게 대화를 나누기 시작했다.
그녀는 우리 중 그 누구보다도 행복해 보였고
계속 싱글벙글 웃으며

"여기에 와서 너무 행복해."란 말을 반복했다.
나는 그녀를 보며 아이가 생기면 더 이상
진짜 여행을 할 수 없을지도 모른다고 두려워했던
나 자신을 돌아보게 되었다.
샤샤는 이미 방글라데시, 세네갈 등 어른도 쉽게 가지 못하는
곳에 가서 단순 관광이 아닌 시골에서 현지인들과 함께
몇 주를 보낸 중견 꼬마 여행자였다.

나는 솔렌에게 말했다.
"나는 아이를 갖는 순간 더 이상 이런 여행은
하기 힘들 거라고 생각했어."
"아니야. 아이랑 함께 원하는 곳 어디든지 갈 수 있어.
이렇게 함께 여행하면서 나도 엄마가 되는 법을 배워.
여행은 아이를 이해하게 해주거든. 하지만 세 살이 넘으면
아이를 데리고 여행하는 게 조금은 어려워져.
그때부터는 아이가 이미 문화에 어느 정도 적응했기 때문에
전혀 다른 곳에 가면 문화 충격을 겪거든.
세네갈에서 나는 부끄러웠어."

부끄러웠다는 그녀의 말을 어떻게 이해해야 할지 몰라
나는 순간 고민했다.

"왜? 어린데도 이렇게 낭랑히 함께 여행하는 게
자랑스럽지 않고?"
"물론 우리 샤샤가 자랑스러울 때도 있지.
하지만 세네갈 아이들은 가진 것이 아무것도 없는데,
샤샤가 그런 곳에서 밥을 안 먹는다고 투정 부릴 때
나는 무척 부끄러웠어. 그래서 유연성을 길러주기 위한
이런 여행이 중요하다고 생각해."

내 앞에서 짝짝이 양말을 신고
줄 타는 광대처럼 걸어가는 그녀는 무척 아름다웠다.
내 인생 처음으로,
아이와 함께 여행을 다닐 수 있으면 좋겠다고 생각했다.

한참 이야기꽃을 피우며 가다가 그녀는 갑자기 멈추어 서서는
손을 입에 가져다 대고 조용히 하라는 표시를 했다.

그러고는 조금 있다 샤샤에게 말했다.

"샤샤, 저 바람의 노랫소리가 들리니?

사막의 나무에서 나는 바람의 노래는

숲에서 나무가 내는 바람 소리와는 또 다른 것 같아."

그녀는 어느새 휴대폰을 꺼내서 녹음하기 시작했다.

그녀의 말을 듣고 나도 귀를 기울여 보니

도시에서 듣던 것과는 다른 바람 소리가 들려오기 시작했다.

나는 늘 세상의 경이 앞에서

언제든지 무한으로 감탄할 수 있는 사람이 부러웠다.

현실 속의 나는 감탄하기보다는 불평하기에 바빴다.

지나가는 바람 소리도 놓치지 않으려고 귀 기울이기는커녕,

들어도 듣지 못하고, 봐도 보지 못하는 것투성이다.

그래서일까?

직업을 묻는 나의 질문에 그녀가 광대라고 대답하는 게

전혀 놀랍지 않았다.

출산 후 지금은 잠시 중단하고 있었지만 말이다.

"광대로서 어느 정도 성공하기 시작했을 때 나는 임신을 했어.

샤샤가 생겼고, 예전과 같은 묘기를 하기는 힘들어졌지.

그래서 일이 서서히 줄기 시작했고

지금은 부르고뉴 근처 숲속의 한 캠핑장 카라반에 살면서

장작 패는 일을 하고 있어."

"장작 패는 일을 한다고?"

"응. 캠핑장에 고용되어서 그때그때 시키는 일을 해.

주로 남편이 나무를 잘라 오면 그 나무로 장작을 패지.

나는 이렇게 숲 한가운데 캠핑장에서 사는 삶이 좋아.

하지만 내가 정말로 사랑하는 일은 광대 일이고

언젠가는 다시 돌아갈 거야."

"주로 어디서 공연했어?"

"여러 군데서 했는데, 주로 남편과 함께 거리 공연을 했어."

"남편도 같은 일을 했던 거야?"

"응. 정확히 말하면 남편은 광대가 아니라 곡예사야.

그는 정식 서커스단에서 일했었어."

"그게 달라?"

"그럼. 광대는 원래 곡예사들의 묘기 중간중간에

관객들이 기다리는 동안 흥미를 잃지 말라고 흥을 돋워주는

존재였어. 결코 공연의 메인이 아니었지.

하지만 어느새 광대가 곡예사보다 더 인기를 끌게 되었고,

지금은 광대의 시대야."

"둘이 거리에서 공연할 때는 주로 어떤 내용으로 해?"

"항상 나쁜 사람이 있어야 해.

주로 지위가 높거나 돈을 많이 가진 사람이지.

그 사람이 다른 사람을 괴롭히는 거야. 잔인하지?

하지만 세상은 잔인하기 때문에 오히려 이렇게 공연으로

보면서 사람들은 자신의 고통을 해소할 수 있어."

"어떻게?"

"고통받는 사람을 보고 웃는 것은 바로 우리 자신을 보며

웃는 거거든. 나 자신에 대해 웃으며 고통을 마주하고

그렇게 아주 조금이나마 치유가 되는 거지.

일종의 내면 치료라고 보면 돼.

나 또한 공연을 준비하고 직접 하면서 많은 치유를 받아.

그래서 우리의 약점을 적나라하게 보여주는 공연도 많이 해.

사람들은 평소에 감추고 싶어 했던 자신들의 약점을 보고

웃으면서 그것으로부터 해방감을 느끼거든."

그녀를 처음 봤을 때 느낄 수 있었던

독특하고 자유로운 느낌이

그녀의 남다른 삶에서 오는 것이라는 걸 알게 되었다.

아침에 출발했을 때는 사륜차의 바퀴 흔적과

사람들의 발자국이 여기저기에 나 있었지만,

걸은 지 세 시간이 넘어가자 더 이상

발자국도, 바퀴 자국도 보이지 않았다.

현지 여행사가 약속한 대로 우리는 사람의 발자취와

바퀴 자국이 없는 진짜 사막으로 들어가고 있었다.

사막의 전경도 달라지고 있었다.

처음에는 야자수가 있었는데, 갈수록 야자수는 사라지고

듬성듬성 솟아난 수목들이 보였다.

거대한 광야가 눈앞에 펼쳐지더니

점차 모래 언덕이 보이기 시작했다.

사막은 고요했고

이 고요는 조용한 방에 혼자 있을 때의 고요와는 또 달랐다.

사막에서 맞는 고요는 광활한 자연 안의 고요였으며,

늘 전쟁 중인 마음에 평화를 들어서게 하는 고요였다.

나 역시 내면의 치유가 필요했던 건지도 모르겠다.

함께 걷는

삶의 은하수

지난여름, 거의 2년 만에 잠시 한국에 방문했을 때였다.

친한 언니를 만나 함께 통영 여행을 떠났다.

여행 중에 그녀가 나에게 털어놓은 고민은 굉장히 의외였다.

그녀는 친한 친구가 이유 없이 미워질 때가 있어서

힘들다고 말했다.

"그 친구는 잘못한 게 없어.

★

저 살아 있는 별들 가운데에

얼마나 많은 창문이 닫혀 있으며,

얼마나 많은 별이 꺼져 있으며,

얼마나 많은 인간이 잠들어 있을까.

서로 만나려고 해야 한다.

들판에서 드문드문 타오르는 이 불빛 가운데

몇몇과 마음이 통하도록 노력해야 한다.

– 생텍쥐페리 〈인간의 대지〉 중

그리고 내가 정말 좋아하는 친구야.

그런데 그 친구가 괜히 미워지는 순간이 있어.

그럴 때마다 그런 나 자신에 대해 회의감이 들어서 힘들어져.

내 안에 그런 내가 있다는 사실을 인정하기가 싫어서

나 자신에게 실망하게 되고

그러면서 자꾸 다른 사람과의 관계에서도 움츠러들어."

나 역시 나 자신이 싫어질 때 그런 감정들이

가까운 사람에게 투사되는 현상을 경험한 적이 많다.

친구의 흠을 찾아 남을 탓하기보다

힘들어도 자기 자신을 먼저 들여다보며 고민하는 언니가

건강하고 용감하다고 생각했다.

"내가 왜 가끔 그 친구를 미워하는지 생각해봤어.

아마도 그 친구가 빛나는 게 두려웠던 것 같아.

그 친구랑 그렇게 친하면서도 한 번도 내가 좋아하는 모임이나

단체에 같이 가자고 한 적이 없어.

친하니까 한 번쯤 같이 가자고 물어볼 수도 있었을 텐데.

나보다 빛나는 그 친구를 너무 의식했던 것 같아.
나는 아마도 내가 가장 빛나고 싶었는지도 몰라."

나는 사실 언니의 고백에 부쩍 놀렸다.
언니와 헤어지고 곰곰이 그 대화를 다시 생각해보고 나서야
무엇이 나를 그토록 놀라게 했는지 알 수 있었다.
언니가 친구를 질투한다는 것에 놀란 게 아니었다.
나에게 충격적이었던 것은 언니가 언니 자신이
얼마나 빛나는 사람인지 모르고 있다는 사실이었다.
자신이 얼마나 빛나는지 알았다면
애당초 저런 두려움도 없었을 텐데.

왜 나는 그 자리에서 언니에게 '그럴 수 있지'라는 말 대신
'언니는 누구보다 빛나는 사람이야. 그러니까 그런 두려움은
가지지 않아도 돼'라고 말하지 못했을까.
그녀는 나에게 늘 누구보다 진심 어린 따뜻한 말로
격려해 주었는데.
나는 한국을 떠나는 비행기에서야 그녀에게

짧은 메시지를 보낼 수 있었다.

"언니도 그 누구보다 빛나는 사람이야. 그걸 잊지 말기를."

반짝이는 순간은 누구나 다를 수 있다.
하지만 우리는 모두 별처럼 빛나는 존재다.
다만 자신이 반짝이고 있다는 사실을 알지 못하고,

같은 하늘에서 빛나고 있는 다른 별을 부러워하며
바라보고 있는지도 모른다.
별 하나만 가지고는 은하수라고 부르지 못하듯,
서로 반짝임을 주고받으며
함께 별 길을 내고 있는데도 말이다.
파리에 도착해서 확인해 보니 그녀에게 답장이 와 있었다.

"정말 고마워. 힘들 때마다 널 떠올릴게.
반짝반짝 빛나는 너를."

이 메시지를 보고 생각했다.

어쩌면 우리는 서로가 서로를 알아봐 줄 때

반짝반짝 빛나는 건지도 모르겠다고.

그렇게 서로를 믿으며 알아봐 주는 사람들과 부대껴 살아가며

두려움 없이 삶의 은하수를 걷는 거라고.

본격적인

사막 횡단 시작

숙소를 떠나 중간에 15분 정도 휴식을 취한 것을 제외하고는
오전 내내 걸었다. 지난해 사하라에 잠깐 왔을 때
사방이 사구로 둘러싸인, 발이 푹푹 빠지는 모래사막을
경험한 적이 있었기에 그때를 생각하면 과연 준비되지 않은
체력으로 사막 횡단을 감당할 수 있을지 걱정이 앞섰다.
하지만 오늘의 일정 대부분은 평지 사막을 걷는 것이라서
걱정했던 것만큼 힘들지는 않았다.

커다란 짐은 낙타가 대신 짊어지고 있어서
몸은 훨씬 가벼웠다.
온종일 더위에 걷는 것은 두렵지 않았다.
가장 두려운 것은 오히려 저녁이 되면 닥칠 사막의 추위였다.
텐트에서가 아니라 별을 보며 사막의 밤을 보내리라
다짐하고 있었기 때문이다.

오후가 되자 유목민 가이드들은 사구로 둘러싸인
평지에서 멈추더니 여기서 오늘 저녁을 보낼 예정이라고 했다.
그들은 낙타가 짊어지고 있던 카펫을 내려
아무것도 없는 사막 한가운데에 펼쳤다.
그리고 작은 매트리스들을 내려 카펫 주위에
늘어놓기 시작했다.
순식간에 사막 한복판에 지붕과 벽이 없는 거실이 만들어졌다.
이제 정말 벽과 천장을 벗어난 대자연 안에서
생활하게 된다는 사실이 실감 나는 순간이었다.
우리와 함께하는 유목민 가이드들은 놀랄 만큼 빠른 속도로
낙타 위의 짐을 모두 내리더니 자신들의 주방이 될

사막은 그대에게 선물을 안겨 주고 그대를 변화시킨다.

그대 자신에 몰입하고, 좌절하고, 괴로워하고, 싸우며

갈증으로 들끓는 사막을 횡단하라.

눈물을 감추어라. 그러면 내 그대의 성숙을 도울지니.

- 생텍쥐페리

작은 텐트를 순식간에 세웠고, 곧 차를 내왔다.

여행을 떠나오기 전날, 여행사 대표인 사이드가 말했었다.

"백업 차량은 따로 없어."

"그럼 어떻게 요리해?"

"나무를 베어서 불을 피울 거야."

"사막에 나무가 있어?"

"그럼, 있고말고."

"사막에 식물이 자란다고?"

"물론이지. 사막에서는 비가 몇 방울만 내려도 생명이 자라."

비 몇 방울에 척박한 사막에서도 생명이 자란다니….

질기고도 위대한 생명력이다.

점심으로는 샐러드가 나왔다.

사막에서 신선한 샐러드를 먹게 되리라고는 상상도 못 했다.

요리사는 베르베르 부족 출신 이브라임으로,

유목민 가이드 중에 가장 나이가 많았다.

야채와 고기가 이브라임의 손을 거치면

신선한 샐러드와 모로코 전통 스튜인 타진으로 재탄생했다.

그는 걷다 뒤처지는 사람이 있으면 그 사람을 볼 수 있도록
아니면 그 사람이 자신을 볼 수 있도록
모래 언덕에서 기다렸다.
뒤처진 사람이 그가 있는 곳까지 당도하면 그는 늘 물었다.

"괜찮아?"
"네. 괜찮으세요?"

그러면 그는 항상 따뜻한 표정으로 대답했다.

"네가 괜찮으면 나도 괜찮아."

그는 조각처럼 새겨진 잔주름과 깊은 눈빛을 지니고 있었다.
나는 그가 사막을 걷는 모습을 지켜보는 것이 좋았다.
그가 사막을 걸을 때,
그리고 우리 중 뒤처진 누군가를 기다리고 있을 때면
그와 사막이 하나가 된 것만 같았다.
누구도 그처럼 사막과 잘 어울리는 이는 없었다.

점심을 먹고 난 뒤 혼자만의 시간을 갖고 싶어서

모래 언덕을 넘었다.

사막 모래 언덕 위에 올라가면

사막 안에 홀로 놓여 있는 나 자신을 볼 수 있었다.

파도처럼 끊임없이 물결치며 이어지는 모래 언덕을

가만히 바라보고 있노라면

모든 걱정이 모래 파도 저 너머로 사라지는 것만 같았다.

오후에는 사막 유목민의 부족장을 만나러 간다고 했다.

나는 부족장 하면 흔히 떠오르는 이미지인,

사막 한가운데 사는 나이 지긋한 현자를 상상했다.

가이드인 하리파가 말했다.

"매번 집에 계시는 게 아니라서,

혹시 계신다면 만날 수 있을지도 몰라."

야영지에서 한 시간 정도 넘게 걸어서

돌로 만들어진 작은 집에 당도했다.

하리파는 우리에게 잠시 기다리라며 말했다.

"안에 계시는지 보고 올게."

잠시 후 하리파가 안에 계신다며 들어오라고 했다.

하지만 정작 돌집에 들어가 보니 아무도 없었다.

"어디 계시는 거야?"

그는 땅을 가리키며 말했다.

"여기, 이 아래에 계셔."

당황한 우리는 말했다.

"뭐야, 살아 계신 부족장을 뵈러 오는 줄 알았잖아."

그는 우리의 반응이 재미있다는 듯 웃으며 답했다.

"여기 계실 때도 있고, 안 계실 때도 있다고 했지."

그는 돌집 주변 사막을 가리키며 말했다.

"예전에는 이곳에 유목민 마을이 있었고

부족장도 살고 있었지.

모래 위에 돌무더기가 있는 곳들 보이지?

그게 이곳에 살던 유목민들의 무덤이야.

부족장만 특별히 돌집 형식의 무덤이 따로 있지.

지금도 유목민들은 종종 음식을 만들어서는

이 집에 와서 함께 나눠 먹고는 해.

그게 그들에게 행운을 가져다준다고 믿지."

무심코 밟았던 모래 아래 이들의 조상이 묻혀 있었던 것이다.

사막의 유목민은 죽어서도 사막에 묻혔고,

이들의 무덤인 모래 위에는 이름이 적힌 비석 대신

누구의 무덤인지 구별할 수 없는 돌들만이 놓여 있었다.

야영지로 돌아가는 길에 우리는

사막의 언덕 위에 앉아 일몰을 기다렸다.

솔렌과 벨기에에서 온 클레르는

나와 비슷한 나이의 삼십 대 여성이다.

우리의 대화 주제는 어느새 자연스레 출산과 아이로 흘러갔다.

클레르는 아직 미혼이었고,

나는 결혼한 지 이제 일 년이 되었고,

우리 중 가장 언니인 솔렌은

결혼도 했고 벌써 네 살짜리 아이도 있었다.

솔렌은 남다른 삶만큼이나 결혼과 출산 과정도 남달랐다.

"지금의 남편을 만나고 나는 '이 사람이다'라는 확신이 들었어.

만난 지 얼마 되지 않아 예기치 않게 임신하게 됐고."

"얼마 만에?"

"2주 만에."

"2주? 2주면 서로에게 확신을 갖기에는 너무 짧은 시간이잖아.

그런데도 아이를 낳아서 키워야겠다는 생각이 들었어?"

"그럼. 임신했다는 사실을 알고 나는 정말 행복했어.

그도 마찬가지였고. 우리 샤샤를 낳아서 키워야겠다는 데에는
단 한 치의 망설임도 없었지."

솔렌은 자신의 출산 경험을 이야기했다.

"어느 순간에는 너무 고통스러워서 정말 죽을 것 같은 거야.
하지만 그 순간에 두려워하지 않고 죽음을 받아들이자
내 안에서 한 생명이 나왔어.
지금은 샤샤가 있어서 정말 행복하고 둘째를 갖고 싶어.
그래서 함께 여기에 온 거야.
둘째를 갖기 전에 샤샤와 함께 꿈꿀 수 있는 그 무언가를
샤샤와 함께 만들고 싶어서."

함께 꿈꿀 수 있는 그 무언가를 만든다는 것,
그건 어쩌면 엄마가 아이에게 줄 수 있는
최고의 선물이 아닐까?

어느새 사막은 끓는 해를 삼켰고,
푸르른 태기를 띤 사막 위로 빛나는 별 하나가 떠올랐다.
생명이라고는 전혀 태어나지 않을 것 같은 사막에서도
단 몇 방울의 물로 싹이 트고 나무가 자라고,
그 사막에서 나고 자란 유목민은 죽어서 모래로 돌아간다.
죽음을 떠올리게 하는 출산의 고통 후에

새로운 생명이 탄생한다.

삶과 죽음은 어쩌면 이 사막의 모래 언덕만큼이나

끊임없이 반복되고 있는지도 모른다.

내가 알던 나는 이 사막에서 죽어가고 있었고,

새로운 내가 다시 태어나고 있었다.

산다는 것은 서서히 죽어가는 걸지도,

그리고 천천히 다시 태어나는 일인지도 모른다.

아름다운 별,

사막에서의

첫날 밤

벽이나 텐트도 없는 야외에서 하늘을 보며 잠자는 것을
프랑스어로 'dormir à la belle étoile'이라고 한다.
직역하면 '아름다운 별에서 잔다'라는 뜻이다.
나는 태어나서 처음으로 텐트도 없이
완전한 대자연 속에서 밤을 보내기로 했다.
지난해에 사하라 사막에 왔을 때는 텐트에서 밤을 보냈기에
이번에는 꼭 아름다운 별의 품에서 잠들겠다고 다짐했다.

오늘 밤을 보낼 야영지에 도착하자마자 유목민 가이드들은

우리가 다 함께 잠을 잘 단체 텐트를 설치했다.

이 드넓은 사막을 두고 단체 텐트 안에서

부대끼며 자고 싶지 않았다.

게다가 텐트는 우리 열 명이 전부 들어가서 자기엔 비좁았다.

"오늘 저녁에 밖에서 잘 사람?"

"글쎄, 춥지 않을까?"

첫날 밤이라 어느 정도 추울지 다들 가늠하지 못했기에

텐트 밖에서 잠을 청하는 이는 거의 없었다.

결국 솔렌과 그녀의 아들 샤샤, 그리고 나 이렇게 세 명만

온전히 별 아래서 밤을 보내기로 했다.

추위를 대비해 침낭을 가져오기는 했지만

나 역시 사막의 밤이 얼마나 매서울지는 예측할 수 없었다.

나머지 일행은 텐트로 들어가며 말했다.

"용감하네. 저녁에 얼마나 추웠는지 내일 아침에 말해줘."

"알았어. 잘 자."

나는 아직 꺼지지 않고 활활 타오르고 있는 모닥불 옆에

자리를 잡고 침낭 안으로 들어갔다.

잠에서 깨었을 때 밤하늘의 웅덩이밖에 볼 수 없었다.

나는 팔을 좌우로 벌린 채

저 별들의 웅덩이를 향해 언덕 위에 누워 있었다.

그 깊이를 미처 가늠하기도 전에 나는 현기증에 사로잡혔다.

그 깊이와 나 사이에는 붙잡을 만한 뿌리 하나 없고,

지붕이나 나뭇가지도 없어

나는 다이버처럼 기댈 곳을 잃은 채

추락에 몸을 내맡기고 있었다.

– 생텍쥐페리 〈인간의 대지〉 중

침낭은 생각보다 아늑하고 따뜻했으며

심지어는 조금 더운 느낌까지 들었다.

신고 있던 양말까지 벗었다. 이 정도면 잘 만하다고 생각했다.

누워서 바라보는 하늘에는 도저히 셀 수 없을 정도로

수많은 별이 반짝이고 있었다.

무척이나 비현실적인 광경이었다.

아름답다는 생각이 들기도 전에 덜컥 겁부터 났다.

이 아름다운 별 아래서 나를 덮친 건

추위가 아닌 갑작스러운 공포였다.

매일 저녁 좁은 방에서 천장과 벽을 사이에 두고 잠을 자다가

이 광활한 사막에서 하늘과 별 아래에

온전히 홀로 있다는 사실을 자각한 것이다.

아름다운 경관에 감탄하기도 전에 두려움이 먼저 밀려왔다.

이 두려움에는 이름이 없었다.

고요한 대자연 속에서 더없이 움츠러드는 나 자신을 보며

나를 가두고 있는 것은 벽도 천장도 아닌,

나 자신이 만들어내고 있는 두려움이라는 사실을 깨달았다.

나를 얽매고 있는 것에서 벗어나는 순간
해방감보다 공포가 먼저 나를 덮친다는 사실을.
나 스스로가 충분히 단단하지도, 자유롭지도 못하다는
증거일지도 모른다.

그렇다고 나 혼자는 아니었다.
나머지 일행은 잠을 자기 위해 텐트에 들어갔지만,
모닥불 주위에는 솔렌과 샤샤 그리고 가이드 하리파가 있었다.
샤샤는 아무런 두려움과 근심 없이 깊은 잠이 든 지 오래였고,
솔렌과 하리파는 다른 사람들이 깨지 않도록
최대한 낮은 목소리로 한참 동안 속삭이며 대화를 나눴다.
얼마 뒤 솔렌도 내 옆에 누웠고, 하리파도 담요 하나만 덮고
마치 푹신한 매트리스에 눕는 사람처럼 모래 위에 누웠다.

하리파가 자기 전에 마지막으로 불에 넣은 장작 덕분에
모닥불은 꺼지기 직전 다시 활활 타올랐다.
우리 넷은 그렇게 모닥불 주위에 옹기종기 누웠다.
잠들만 하면 아주 작은 소리에도 깜짝깜짝 놀라서 깨곤 했다.

그렇게 몇 번을 깨다가 이젠 좀 잠이 드나 싶었는데
새벽에 급격히 떨어진 기온에 저절로 눈이 떠졌다.
밤을 보내며 알게 되었다.
하루 중 가장 추울 때는 별이 뜰 때가 아니라
별이 해에게 다시 하늘을 내줄 때라는 것을.
밤이 새벽에게, 그리고 어둠이 빛에게 자리를 내줄 때가
가장 어둡고 춥다는 사실을.

모닥불이 있을 때만 해도 춥지 않다고 생각하고
수면 양말을 벗고 모자를 쓰지 않은 것이 큰 실수였다.
잠자리에 들 때는 상상도 못 한 추위였다.
오들오들 떨다가 결국 잠을 포기하고 눈을 뜨니
마침 일출이 시작되고 있었다.
여전히 모두가 잠든 고요한 새벽이었고,
어젯밤의 모닥불은 이미 재가 된 지 오래였다.
어젯밤 잠 못 이루게 한 두려움과
갑작스레 찾아온 추위에도 불구하고
사막의 밤과 새벽, 석양과 일몰이 뒤섞인 하늘을 보고 있으니

지금 이 순간이 더할 나위 없이 행복했다.

빛은 어둠 뒤에 찾아오듯,

두려움 후의 고요함으로 마음이 가득 차올랐다.

회사를 가기 위해 착실하게 5분 간격으로

맞춰놓은 알람시계가

사정없이 울리며 일어나라고 나를 독촉하고 있을 시간,

그럼에도 불구하고 마지막까지 눈 뜨기를 거부하며

침대에서 버티고 있을 시간,

바로 그 시간에 나는 지금 사하라 사막 깊은 곳에서

해가 뜨는 세상의 경이를 지켜봤다.

일출이 끝날 때쯤 옆에서 자던 샤샤도 잠에서 깼다.

"잘 잤어? 안 추웠어?"

"아니요. 전혀 안 추웠어요."

대단하다는 나의 말에 자랑스러워하며 환하게 웃는 샤샤를

보며 생각했다. 어쩌면 네 살짜리 아이가 나보다 더 강인하고

자유로울지도 모른다고.

그리고 희망했다.

나 또한 이번 사막 여행이 끝날 때쯤에는 더욱 강해져 있기를.

수없이 빛나는 별들 밑에서 편안함을 느낄 수 있기를.

사하라 사막에서

만난

생텍쥐페리

생텍쥐페리가 사하라 사막을 알지 못했더라도,
지금의 우리가 아는 그와 그의 작품들이 존재했을까?
매일 아침 출근길 지하철 안에서
생텍쥐페리를 전 세계적으로 알린 〈인간의 대지〉를 읽던 나는
책이 끝나갈 무렵 결국 참지 못하고 사하라 사막으로 떠났다.
그가 그토록 사랑했던
'모래의 위엄, 밤, 침묵, 바람과 별의 나라'에 가봐야겠다는

강렬한 충동에 사로잡혔기 때문이다.

생텍쥐페리는 밤이 너무 아름다울 때면
비행기가 제멋대로 가게
내버려 두고 거의 조종을 하지 않았다고 한다.
안타깝게도 비행기를 조종할 줄 모르는 내가 택한 여행 방식은
두 발로 천천히 걷는 것이었다.
'모든 별이 천천히 돌고, 온 하늘이 시간을 새기는' 그곳,
사하라 사막의 밤하늘 아래서 말이다.
그렇게 그의 영혼과 숨결을 조금이라도 더 가까이에서
느끼고 싶었다.

물론 생텍쥐페리가 알던 사하라 사막과 지금의 사하라 사막은
전혀 다르다. 그때는 사막 안에서도 강대국들의 정복 전쟁이
끊임없이 일어났으며, 소총으로 무장한 모르족이
사막 곳곳을 휘젓고 다녀 사막 부족들을 두려움에 떨게 했다.
사막 유목민들은 비가 내리면
물을 찾아 이주를 시작하곤 했다.

★

나는 나의 무게를 땅에 내맡기고 있는 데서 일종의 안도감을 느꼈다.

중력이 마치 사랑처럼 절대적인 힘을 가진 것처럼 느껴졌다.

중력에 의해 나 자신이 지구별에 달라붙어 있음을 알았다.

– 생텍쥐페리 〈인간의 대지〉 중

사막은 수많은 유목민의 삶의 터전인 동시에

죽음과 위험이 곳곳에 도사리는 곳이었다.

지금은 기후 변화로 인한 극심한 가뭄과,

주변 국가의 국경이 닫히면서 대부분의 사막 유목민들이

근처 마을로 삶의 터전을 옮겨 갔다.

몇 세기에 걸친 유목 생활이 끝난 것이다.

물론 소수는 여전히 사막에서 유목하고 있지만 말이다.

문득 궁금해졌다. 만약 지금 생텍쥐페리가 어린 왕자처럼

저 별에서 사하라 사막으로 여행을 온다면 어떨까?

그래도 여전히 이곳을 사랑할까?

아마도 그럴 것이다.

생텍쥐페리에게 사막은 처음부터 우리의 밖에 있는

무언가가 아닌,

우리 내면에서 제 모습을 드러내는 존재였다.

그가 고독 속에서 진정한 자유와 풍요로움을 누린 곳이며

우리가 우리 자신에 대해 배우는 터전이기도 하다.

내가 만약 생텍쥐페리의 글을 읽지 않고

사하라 사막에 왔다면,

그의 말처럼 '하루살이 애인'이 되어 사막에서

공허와 침묵만을 느끼고 돌아왔을지도 모르겠다.

사막을 걷다 보면 종종 생텍쥐페리가 그려졌다.

사구 위에 앉아 어린 왕자처럼 석양을 바라보고 있었을 그가.

비행기가 사막 한복판에 추락했을 때도

가슴은 꿈으로 가득 찼다는 그가.

갈증으로 사막을 헤매다 쓰러진 자신을 구해준 한 사람에게서

모든 사람을 보았다는 그가.

자신에게 가장 어려운 것은 절망하는 일이라고 했던 그가.

내가 빠져들었던 사하라 사막의 마법 그 중심에는

그렇게 생텍쥐페리가 있었다.

2차 세계 대전 중 조국을 구하려고 비행기 조종사로 참전했던

그는 1944년 마지막 비행 이후 영영 돌아오지 못했다.

그의 마지막 책인 〈어린 왕자〉가 세상에 나온 지 3개월 만의

일이었다. 자신의 죽음을 예감했던 걸까?

자신의 별을 따라 살고 또 죽었던 그는,

자신을 사랑했던 수없이 많은 사람에게

〈어린 왕자〉를 선물로 남겨 놓고 갔다.

그 역시 이 생의 여행을 마치고,

어린 왕자처럼 자신의 별로 다시 돌아갔을까?

사하라 사막의 밤하늘에 반짝이는 수많은 별들 가운데서

그를 찾아보았다.

어린 왕자가 말했던 것처럼 그가 어느 별에 있는지 모르니,

모든 별에 그가 있는 것처럼 보였다.

저 별들이 모두 다정하게 웃는 듯했다.

사막의 바람,

유목민 뮤지션

하리파

오늘 아침에는 걷는 내내 가이드인 하리파와
유목민의 삶에 관해 이야기를 나눌 수 있었다.
하리파를 처음 보았을 때부터 그가 풍기는 분위기에
나도 모르게 압도되었다. 나와 비슷한 또래거나 좀 더 어린
듯한 그에게서는 자신만의 별을 따라가는 이에게서만
느낄 수 있는 깊고 신비로운 분위기가 느껴졌다.
그는 하늘색 옷을 입고 하얀색 터번을 두르고 있었는데,

그런 그가 사막의 하늘을 꼭 빼닮았다고 생각했다.

하늘색 옷을 입고 모래 언덕 위에서
한쪽 팔을 베고 비스듬히 기대어 누워 있는 그를 볼 때면,
그가 사막과 하늘을 이어주고 있는 존재처럼 느껴졌다.
그의 분위기에 매료되었지만 나는 그에게 먼저 다가가
말을 걸 용기가 없었다. 너무나도 견고한 자신만의 세계가

있어 보였기에 먼저 다가가 말을 거는 것조차
방해하는 것이 아닌가 하는 생각이 들었기 때문이다.
그 역시 원래 말이 별로 없는 편인지, 함께 온 유목민들과
이야기할 때도 말하기보다는 주로 듣는 쪽이었다.
말수가 적은 그는 종종 걸으며 노래를 불렀다.
그가 노래를 시작하면 함께 온 동료들도 그의 멜로디를 따라서
이어 부르고는 했다.

솔렌이 아침을 먹으며 말했다.
"하리파는 뮤지션이래. 유럽이나 아프리카 등 여러 나라의
국제 음악 페스티벌에서 초청을 받고 연주하기도 한대."

★

나는 영혼의 정착민들을 좋아하지 않는다.

이들은 아무것도 나누지 못하며

아무것도 되지 못한다.

- 생텍쥐페리 〈성채〉 중

모두 첫날의 여정에 지쳐 일찍 자려고 누웠을 때,
솔렌은 샤샤를 재우고 모닥불 옆에서 하리파와 늦은 시간까지
소곤소곤 오랜 대화를 나누고 있었다.
무슨 이야기를 저렇게 길게 할까 싶었는데,
둘의 공통 관심사인 음악에 대해 대화를 나눈 것이었다.
나는 사막의 하늘을 닮은 그가 뮤지션이라는 사실이
전혀 놀랍지 않았다.

"무슨 음악을 한대?"
"젬베. 그룹으로 연주하는데 올해 여름에도 프랑스 음악 축제
에 초대받았다고 했어. 정확히 어디서 할지는 아직 안 정해졌
다고 하는데 알게 되면 말해달라고 했어. 나도 가보고 싶어서."
"그럼 언젠가 너희 둘이 함께 음악을 해봐도 좋겠네."
솔렌은 내 말에 부끄러워하며 말했다.
"그럴 수 있으면 좋은데, 나는 아직 아마추어 단계야."

그렇게 아침을 먹고 오전의 트레킹을 시작해 혼자 걷고 있는데
하리파가 먼저 다가와 말을 걸었다.

얼굴은 분명 아시아인이고, 한국인이라고 하면서
프랑스 사람들과 프랑스어로 말하는 내가 신기했던지
나에게 여러 가지 질문을 했다.

"프랑스에 살아?"

"응."

"프랑스 어디?"

"파리."

"언제부터?"

"글쎄, 한 10년 넘었어. 너는 계속 이곳에서 산 거야?"

"응."

"여기서는 친구를 만나면 뭘 해?"

"사막 여기저기 흩어져 살고 있는 가족들이랑
친구들이 있어서
그들을 만나러 가서 차를 마시거나 같이 음악을 연주해."

"사막에 집이 있는 거야?"

"아니. 사막에 텐트를 치고 사는데 일정 기간마다 옮겨 다녀."

"아직도 사막에 사는 유목민이 많이 있어?"

그렇게 내 삶에 대해, 그리고 그의 삶에 대해 이야기하며
우리의 대화 주제는 어느새 사막에서 여전히 유목민으로
살아가는 이들로 옮겨 갔다. 사하라 사막에 살던
유목민의 수는
최근 40년 동안 급격히 줄었다고 한다.
지속되는 가뭄과 알제리와 모로코 간의 분쟁 때문에

사막을 종횡하며 생활하던 유목민 대다수가
정착하게 되었단다.
이들은 '정착한 유목민'이라고 불린다.

"왜 늘 옮겨 다니는 거야?"
"물 때문이야. 한두 달이 지나면 물을 찾기가 힘들어지거든."
"아니, 그렇게 살면 돈은 어떻게 벌어?"
"사막에서 사는 데는 많은 것이 필요하지 않아.
여기 있는 것만으로도 충분히 살 수 있어."
"어떻게 돈을 안 벌고 먹고살 수 있어?"

나도 모르게 튀어나온 질문에 당황하고 있을 때,

그는 오히려 이런 질문을 받아본 것이 한두 번이 아니었는지
이해한다는 표정을 지어 보였다.

돈을 벌기 위해 하고 싶지 않은 일을 하고, 살고 싶지 않은 삶을
살고 있는 이가 대부분인 사회에 사는 나였다.

현재 나의 삶도 그 범주에서 크게 벗어나지 못하고 있었다.

종종 내 안에서 '계속 이렇게 살아도 될까?'라고 물어볼 때마다
매번 메아리처럼 돌아오는 답변이 있었다.

'먹고살아야 하니까 돈은 벌어야지.'

그런 나에게 그는 아무것도 없는 사막에서도
충분히 먹고살 수 있다고 말하고 있었다.

"키우는 염소에서 나오는 우유와 고기가 있고 모래 빵도 있고."

"모래 빵?"

"응. 모래로 만드는 빵."

"모래로 빵을 만든다고? 말도 안 돼!"

"빵 반죽을 해서 뜨거운 모래 안에 넣은 뒤 그 위에 불을 지펴.
그럼 그 열기로 빵이 돼. 내일 저녁에 만들 예정이니까
그때 보여줄게."

그의 대답을 듣고도 나는 정말 바보 같은 질문을 했다.

"돈을 안 벌어도 되면 온종일 이 사막에서 뭘 하며 지내는데?"
"할 일은 늘 많아. 여자들은 염소를 데리고 나가고, 남자들은
낙타를 데리고 나가서 하루가 끝날 때 돌아오지.
염소젖을 짜고, 장작으로 쓸 나무를 찾고, 빵을 만들고,
물을 찾고 하다 보면 하루가 금방 지나가지."
"너는? 마라케시 같은 도시에 가서 살고 싶지 않아? 그러면
공연할 기회도 더 많고, 음악 하기도 더 쉬울 텐데?"
"아니. 나는 이곳에서 사는 게 좋아. 도시에서는
살고 싶지 않아.
여기서 나는 정말 자유롭고 평화로워."

나는 그렇게 말할 수 있는 그가 부러웠다. 도시에 가면
뮤지션으로 성공할 기회가 더 많아질 수 있을지는 모른다.
하지만 하리파는 사막에서 바람처럼 자유롭게 살고 있었다.
사막에서는 정말 바람 소리가 다르게 났다.
벽이나 높은 건물 같은 장애물이 없어서

바람이 자유롭게 여기저기로 통과하기 때문이다.
하리파는 바람을 닮았고, 나 역시 그처럼 살고 싶었다.

어느새 솔렌과 낙타 몰이꾼 목타르가 함께 〈징글벨〉을 부르며
내 앞에서 걸어가고 있었다. 사하라 사막 한복판에서
성탄절 노래를 듣는 건, 실로 색다른 일이었다.
솔렌이 프랑스어로 한 소절을 부르면

목타르가 아랍어로 멜로디를 따라 부르고 있었다.
뒤에서 그 모습을 보며 걷다 보니 의문이 들었다.
'이렇게 광활한 자연이 있는데
왜 우리는 그토록 좁은 공간에서
서로를 원망하고 미워하며 살아가는 걸까?'

우리는 어쩌면 너무 많은 벽을 두고 살아가는지도 모른다.
언젠가는 서로 간의 벽을 허물고 유목민처럼, 사막의 바람처럼
영혼을 교류하는 세상이 올까?

내 안의

별

하리파가 도시로 나가는 대신
사막에서 자유롭게 살기로 결정한 것처럼
우리는 모두 자신만의 삶의 목적이 있다.
모든 사람이 전부 자신이 꿈꾸는 삶을
살지는 못할지도 모른다.
불행히도 대부분의 사람들은
자신이 살고 싶어 하는 삶 자체를 알지 못한다.

하지만 어떤 이들은 용감하게도
그 삶을 정면으로 마주하고 살아가기도 한다.

지난가을, 한국으로 잠깐 들어가
오랜만에 라파엘 수녀님을 만났다.
그녀와 나는 2년 전에 한국어 교사 연수 수업을 들으며 만났다.
당시 그녀는 베트남에서 선교 활동을 하고 있었고,
나는 파리에서 직장을 다니다가 그만두고
한국어 교사가 되기 위해 연수를 듣고 있었다.
그 뜨겁던 여름, 약 한 달 가까이 되는 짧다면 짧고 길다면 긴
시간 동안 우리는 한국어학당 대강의실에서 동고동락했다.

그녀와 친해지게 된 것은 무척 우연한 일이었다.
그녀에게 말을 걸었는데 갑자기 터진 웃음을 멈출 줄 모르던
그녀의 성격이 참 매력적이었다.
그렇게 웃을 수 있는 사람을 본 건 오랜만이었다.
수녀라는 직업이 나를 편견에 갇히게 만들었는지도 모른다.
침착하고 조용할 줄만 알았던 그녀의 성격이 그토록 호탕하고

★

아무리 하찮은 것일지라도

우리는 우리가 맡은 역할을 자각할 때 비로소 행복해질 수 있다.

그때에만 비로소 우리는 평화롭게 살 수 있고,

또한 평화롭게 죽을 수 있다.

생명에 의미를 주는 것은 죽음에도 의미를 주기 때문이다.

- 생텍쥐페리 〈인간의 대지〉 중

© mélodie du désert

유쾌하다는 사실에 나는 그녀의 매력에 점점 빠져들었다.

그녀는 활발하고 발랄했으며 솔직했고 무엇보다도

자유로웠다.

그녀의 자유로움은

우리가 일반적으로 말하는 자유와는 또 달랐다.

온전히 사랑 안에서 자기 자신일 수 있는 자유였다.

그런 그녀를 보며

종교가 구속이 아닌 자유를 의미할 수도 있겠다고 느꼈다.

그래서일까. 종종 삶의 무게가 너무 버겁다는 생각이 들 때면

그녀에게 연락했고, 짧게 오가는 문자 메시지 속에서

잠시나마 위안을 얻었다.

그녀를 만나 나의 이런저런 현재의 일과 삶에 대한 고민을

이야기하다가 문득 궁금해져서 물었다.

"오랫동안 수녀님이셨으니 다른 삶을 살아보고 싶다는 생각은

안 드세요?"

"왜 안 들겠어요. 하루에도 몇 번씩 그런 생각이 드는걸요.

적게는 뭘 먹고 싶은데 그러지 못할 때나

가고 싶은데 가지 못할 때부터 시작해서요.

그리고 그럴 때마다 매 순간 선택을 하는 거지요."

"선택이요?"

"네. 항상 그때그때 선택을 하는 거죠. 그리고 지금까지

나의 선택은 늘 하느님이었기에 이 길을 계속 가는 거예요."

"그것이 어떻게 가능해요?"

"이 삶이 내가 바라는 최고의 삶이라는 것을 알기 때문이에요.

어렸을 때부터 세상의 물질적인 것에는 매력을

느끼지 못했어요.

아마 그런 것들이 나에게 매력적으로 다가왔다면

이 삶을 선택하지 않았겠죠. 그리고 지금이 행복하기에

매 순간 다시 이 선택을 할 수 있는 거예요.

물론 이 선택을 했기 때문에 포기해야 하는 것들도 있지만,

이것이 최선의 삶이라는 것을 알기에 감내할 수 있는 거예요."

자신 있게 '이것이 최선의 삶'이라고 말하는 그녀를 보며

나는 문득 궁금해졌다.

'지금 나의 삶은 진정 내가 원하는 삶일까?'

그러고 보니 나는 단 한 번도 그동안 내 선택이 최고라고
생각해 본 적이 없었다.

"어쩔 수 없으니까 이렇게 사는 거예요."

이 말을 일상에서 수없이 들으며 살아오다가, 라파엘 수녀님의
말씀을 들으니 갑자기 정신이 번쩍 드는 느낌이었다.

어쩌면 막연하게 알고는 있었지만 그녀처럼 용기를 내거나

선택을 온전히 감당할 자신이 없어 회피했던 것은 아닐까?

나는 언제부터 내 삶에서 최선이 아닌 차선만을 선택하며
살아가고 있던 것일까?

사막 밤하늘에 빼곡히 떠 있는 수많은 별 중에서
나의 별을 찾는 것처럼,
수많은 삶 중 내게 맞는 최고의 삶을 찾는 일은 결코 쉽지 않다.
만약 찾았다고 할지라도 온전히 그 선택을 책임지는 것 또한
결코 쉬운 일이 아니다.
내가 선택한 삶을, 내 안의 별을 따라
꾸준하고 끊임없이, 온전히 걸어 나갈 수 있기를 기도해본다.

사막의

진상 손님

사막이라는 특수한 공간에서

거의 일주일 동안 매시간을 함께하다 보니

일행에 대해 점점 더 알아가게 되었다.

일행의 대부분은 히말라야 등반부터 오지 여행까지,

트레킹과 여행 마니아들이었다.

기본적으로 열린 마인드에 타인을 배려하는 자세를 지닌

이들이 대부분이었다. 그래서 다들 굉장히 빨리 친해졌고 오직 정신만이 진흙에 숨결을 불어넣어 인간을 창조할 수 있다.

– 생텍쥐페리 〈인간의 대지〉 중

그 덕분에 전혀 모르는 이들과 사막에서 보낸 일주일이
어색하거나 힘들지는 않았다.

그럼에도 시간이 지나자 점점 눈살을 찌푸리게 만드는
행동을 하는 사람이 몇몇 보이기 시작했다.
다행히 열 명의 일행 중 이런 이는 아주 일부에 불과했다.

그중 한 명은 카사블랑카에 사는 중년의 프랑스인 여성이었다.
그녀는 프랑스에서 모로코인 남자 친구를 만나 그를 따라
모로코로 갔지만, 그와 헤어진 뒤에는 모로코에 혼자 남아
국제 학교에서 영어를 가르치고 있었다.

함께 모여 밥을 먹고 차를 마실 때면
대화의 주제는 어김없이 모로코 사회와 문화로 흘러갔다.
그럴 때마다 모로코에서 세월을 보낸 그녀가 대화를 주도했다.
그녀는 자신의 다양한 인맥을 자랑하며
자신이 아는 모로코 예술가들에 대해 이야기하거나
모로코 사회의 모순과 문제점들을 이야기하곤 했다.
물론 그 이야기에는 늘 다양한 가십거리도 끼어 있었다.

처음에는 잘 모르는 모로코 사회의 이야기가 신기하기도 하고
또 다들 그녀의 이야기를 듣는 분위기라 그냥 듣고 있었다.
하지만 얼마 지나자 슬슬 그녀의 이야기가
수박 겉핥기에 지나지 않는다는 생각이 들면서
슬그머니 빠져나와 사구에서 홀로 시간을 보내곤 했다.
굳이 사막까지 와서 그런 이야기를 듣고 싶지는 않았다.
이미 내가 있던 사회와 직장에서도

늘 뒷담화가 흘러넘쳤으니까.

게다가 그녀가 모로코 현지 가이드들에게 하는 행동은
보기 불편한 정도를 넘어서 충격적이었다.
우리가 함께 떠난 여행사와 여행을 선택한 이는 모두
'걸어서 하는 사막 여행'을 선택한 이들이고,
상세 일정에도 매일 어느 정도 걷는지 나와 있다.
걷는 걸 좋아하지 않거나 장시간 걸어본 경험이 없는 이는
다른 여행사를 선택해서 지프차를 타거나 낙타를 타는 코스를
택하면 된다. 하지만 그녀는 얼마 지나지 않아
이에 대해 불평을 늘어놓기 시작했다.

"얼마나 더 가야 해요?"

"거의 다 왔어요."

늘 뒤처진 이들을 사구 위에서 기다려주던 따뜻한 이브라임이

그녀를 달래보려고 해도 그녀의 싸증은 늘어만 갔다.

"아니, 아까도 곧이라고 했잖아요!

이 뙤약볕에서 도대체 얼마나 더 걸어야 하냐고요!"

'저럴 거면 왜 사막 트레킹을 왔지?'

나만 이런 생각을 한 건 아니었을 것이다.

게다가 이브라임은 중간에 몸살감기에 걸려

힘들게 걸어가면서도 계속해서 뒤처지는 그녀를 챙기며

기다려주곤 했는데도 말이다.

그녀는 걷는 것에 대해서만 불평을 늘어놓은 게 아니었다.

가장 많이 쉬고, 가장 늦게 도착한 야영지에서는

또 다른 투정이 시작되었다.

"배고픈데 밥 언제 먹어요?"

"차는 안 주세요?"

유목민 현지 가이드들이 마치 자신의 하인이라도 되는 듯

끊임없는 불평과 요청을 하는 무례한 모습은
보는 사람의 눈살을 찌푸리게 했다.
돈을 지불했으니 마구 요구해도 된다고 생각하는 것 같았다.
이들은 이미 우리를 위해 아무것도 없는 사막에서 나무를 찾아
불을 지폈으며, 요리를 하고 텐트를 치고 차를 끓였다.
그녀를 빼고는 다들 그런 유목민 가이드들의 짐을
조금이라도 덜어주고자 열심히 돕고 있었다.

그런 그녀를 보면서
산티아고 길을 걸을 때 만났던 몇몇 이들이 떠올랐다.
걸으러 와서는 힘들다고 중간중간 버스나 택시를 타고
구간을 뛰어넘어 산티아고에 도착해서는
제일 먼저 순례자 수료증을 받으러 달려가는 이들이었다.
이들은 불만도 가장 많았고, 버스를 타고 도착해서는 온종일
걸어서 온 다른 순례자의 하룻밤 잠자리를 빼앗기도 했다.

그곳이 어디든 결국에는 그 사람이 어떤 사람인지에 따라
결과가 달라진다. 아무리 사막이라고 할지라도.
나 자신이 진정 변하고자 하지 않는다면
장소는 아무 의미가 없는 셈이다.

사막

한복판에서

길을 잃다

오후에는 점심을 먹고 드라 계곡에서 가장 높은

모래 언덕에 올라가기로 했다.

그 언덕은 '울부짖는 모래 언덕'이라고 불리는데

높이가 무려 300미터라고 한다.

일반 건물 한 층의 높이가 평균 4미터 정도라면,

무려 75층에 해딩하는 높이이자 에펠탑 높이와도 같았다.

그래서였을까? 하리파는 이 언덕에 대해 설명하며 웃었다.

"너희는 이제 유목민의 에펠탑을 보러 갈 거야."

점심을 먹고 잠시 휴식을 취한 뒤에

울부짖는 모래 언덕으로 향했다.

여태까지 보지 못했던, 그토록 꿈꾸었던 금빛 모래사막이

눈앞에 펼쳐지기 시작했다.

지금까지는 주로 '암석 사막'이라고 불리는

돌사막을 지나왔다.

사실 모래사막은 사하라 사막 전체 면적의

10분의 1도 안 된다. 그러니 주로 모래사막보다는

돌사막을 지나게 되는 것이 당연했다.

한편으로는 아쉬운 마음이 들었지만, 모래사막은 걸으면

발이 푹푹 빠지기 때문에 한 걸음 한 걸음 나아가기가

훨씬 더 어려웠을 것이다.

바다라고 해서 모두 같은 색과 파도 소리를 가진 것은 아니다.

제각기 다른 빛깔과 고유의 파도 소리를 지닌 바다처럼,

사막 역시 제각각의 경관과 바람 소리를 지니고 있었다.

바람이 불면 이 언덕들이 마치 울부짖는 것 같다고 해서

나는 그저 모래와 별들 사이에서 길을 잃은 연약한 존재,

단지 숨을 쉰다는 것의 달콤함만을 의식하고 있는 존재에 불과했다.

하지만 내 가슴 속에는 꿈이 가득 찼다.

그 꿈들은 샘물처럼 소리 없이 다가왔다.

- 생텍쥐페리 〈인간의 대지〉 중

'울부짖는 모래 언덕'이라는 이름이 붙었다고 한다.
모래 언덕들은 바람이 지나가면 종종 노래를 부르는 듯한
소리를 내기도 했다. 이렇게 바람과 모래 언덕이 만나
함께 내는 멜로디는 '모래 언덕의 노래'라고 부른다.
정적만이 가득할 줄 알았던 사막은 끊임없이 노래했다.
모래와 바람을 통해 자신만의 음악을 연주하고 있었다.

나와 솔렌, 샤샤를 비롯해 고등학생 클라리스와 가이아르는
이 노래에 심취한 나머지 그만 가이드와 다른 일행을
잃어버리고 말았다. 사막은 온통 거대한 모래 언덕으로
둘러싸여 있었고, 그 누구의 발자국도 지워버린다.
나머지 그룹의 자취를 찾기 위해 솔렌은 일단 눈에 보이는
가장 높은 모래 언덕 위로 올라갔다.

"저기 있어. 저기!"
일행을 따라잡기 위해 솔렌이 가리키는 방향으로 걸어갔지만
또 얼마 지나서 그들을 잃어버렸다.
마치 숨바꼭질하는 것처럼 찾고 잃어버리기를 반복하다가,
더 이상 그들이 전혀 보이지 않는 순간이 찾아왔다.
우리는 나머지 일행이 어느 쪽으로 갔을지 추측하기 시작했다.
'일행이랑 길이 완전히 엇갈린 거 아니야?
사막에서 길을 잃으면 어떻게 해야 하지?'

사막에는 길 표시가 없다. 하나로 나 있는 길 또한 없다.
모든 방향이 길이 될 수도, 길이 아닐 수도 있다는 의미다.
사막에서 길을 잃게 되면

다시 왔던 길로 되돌아가는 것조차 불가능하다.

도대체 유목민은 어떻게 길을 잃지 않고 이리저리 옮겨 다니며

살 수 있을까? 목타르에게 물어보았다.

"너희는 길 표시라고는 아무것도 없는 이 사막에서

어떻게 길을 찾아?"

"모래 언덕과 나무를 보며 찾지."

내 눈에는 모두 똑같이 생긴 모래 언덕과 나무들이었다.

그러나 사막이 삶의 터전인 이들에게는 각각의 나무와 언덕이

모두 다른 나무와 언덕이었다.

일행이 계속 보이지 않아서 우리는 다시 한번 근처에 있는

모래 언덕 꼭대기로 올라갔다.

그제야 가장 높은 모래 언덕 위에서 우리를 향해

손을 흔들고 있는 하리파와 나머지 일행이 보였다.

가까스로 그들이 있는 언덕에 도착했다. 그런데 오르려고 보니

모래 언덕이라기보다는 가파른 절벽에 더 가까웠다.

혹시나 떨어져 구르게 된다 해도 쿠션같이 푹신한 모래에서

썰매 타듯 구르는 것밖에 아닐테지만

나는 떨어지는 것이 두려웠다.

발이 푹푹 빠지는 300미터짜리 사막 경사를 오르는 것이
보통 일은 아니어서 숨을 헐떡거리며 간신히 정상에 도달했다.
정상에 올라가 아래를 내려다보니 모래로 이뤄진 산 하나를
탄 것 같았다. 내려갈 때는 경사길이 아닌 측면으로
스노보드를 타듯이 미끄러져 내려왔다.
만만치 않은 높이에 현기증이 났다.
밑에서 나를 기다리던 일행들은 달려서 내려오면 더 빠르다며
전혀 위험하지 않다고 외쳤지만 도무지 용기가 나지 않았다.
신기한 일이었다. 모래는 침대 매트리스보다 더 푹신해서
떨어져도 결코 다치지 않을 거라는 걸 알면서도
나는 떨어질까 봐 조심하며 내려가고 있었다.

다시 숙소로 돌아가기 시작했을 때는 온 세상이 새까매지면서
별들이 하나둘씩 얼굴을 드러냈다.
우리는 모두 배낭에 헤드램프를 지니고 있었지만,
별빛 말고는 빛 한 점 없는 사막에서

그 누구도 그걸 꺼내려 하지 않았다.

하리파는 우리 앞에서 노래를 부르며 걸어가고 있었다.

어둠 속에서 그의 모습은 보이지 않았지만,

그의 노랫소리는 별만큼이나 뚜렷하게 우리의 길을 비췄다.

그렇게 우리는 별을 따라 걸었다.

길이 없다는 건, 모든 곳이 길이 될 수 있다는 것을 의미했다.

사막에서

뭐 해?

비행기를 타면 쉽고 빠르게 여행할 수 있는 시대에
걸어서 여행한다는 건 어떤 의미일까?
그건 무언가에 대한 믿음이나 신념 같은 것이 아닐까?
물질로 환산할 수 없는 가치를 믿고, 꿈을 믿고,
사람을 믿고, 자연을 믿는 것이 아닐까?
세상의 편리함에 역행할 수 있는 용기가 아주 조금은 있다고
내비치는 뜻일 수도 있다.

사막을 여행하는 대부분의 사람들은 사륜차나 낙타를 타고
들어와 정착된 숙소에서 하루를 보내고 간다. 하지만 나는
걸어야만 사막의 진정한 가치를 발견할 수 있다고 믿었다.
우리는 사막이 잠에서 깨어날 때 천천히 사막 속으로
걸어 들어갔고, 하늘에 별이 흩뿌려지기 시작하는 밤이면
모닥불을 피우고 노래를 불렀다.

사막에는 그 어떤 자취나 흔적을 남기지 않아야 한다.
누군가가 말하지 않아도 서로 암묵적으로 한 약속이었다.
사막은 정착하는 이들의 소유지가 아닌
자유로운 유목민들의 삶의 터전이다.
그 누구의 땅도 아니면서 동시에 모두의 땅이기도 하다.
매일 아침, 전날 사용한 휴지와 쓰레기는 모두 태웠고
곧 바람에 흩어질 재만 남겨 놓고 다시 짐을 챙겨 떠났다.
전혀 씻을 수 없었기에 어느새 머리카락과 모래가 뒤섞이기
시작했다. 매일 머리를 감던 습관 때문에 처음엔 조금
힘들었지만 며칠이 지나고 나니 더 이상 가렵지도 않았다.
사막은 건조해서 아무리 씻지 않고 걸어도 크게 땀으로

우리에게 사막은 무엇이었을까.

그것은 우리의 내면에서 태어나는 것이었다.

우리가 우리 자신에 대해 배운 것.

– 생텍쥐페리 〈인간의 대지〉 중

끈적인다는 생각은 들지 않았다. 우리는 샤워하지 않아도
특별히 냄새가 나지 않는 것이 무척 신기했다.
화장실이 필요한 상황에서는 사람들의 눈을 피해 조용히
언덕 뒤로 가면 됐다.

잠이 유일한 문제였다.
환경이 완전히 바뀌다 보니 잠이 드는 데 꽤 시간이 걸렸다.
얕은 잠을 자게 되어 새벽에 쉽게 깨고는 했다.
하지만 신기하게도 몸이 완전히 깨는 데 평소보다 시간이 더
걸린다는 점을 제외하면 이상하게도 피곤하다고 느껴지지는
않았다. 나뿐만이 아니었다. 엠마도 내 말에 동의하며 말했다.
"집에서 이렇게 잠을 못 잤으면 회사에 가서 커피를 연달아
마시면서 기분도 별로였을 거야. 신기하게 여기에서는 그렇지
않아. 분명 잠을 잘 못 자는데도 전혀 피곤하지 않아."
그녀의 말이 맞았다. 잠을 잘 자지 못하고 씻지도 못했으며
심지어 뙤약볕에서 온종일 걷는데도 주말에 집에서 정오까지
늦잠을 잘 때보다 덜 피곤했고, 심지어 몸 안에서 에너지가
솟아오르는 것을 느꼈다.

우리는 오전 내내 걸어서 다음 야영 장소로 향했다.

도착해서는 바닥에 쓰러져 누워 낮잠을 청했다.

흙에 누워서 하늘을 바라보면 집 소파에 누워 쉬는 것만큼

편했다. 아니다, 어쩌면 집보다 더 편했는지도 모른다.

파리의 아파트에서 누워 쉴 때면 내 손에는 가끔 책이,

그리고 그보다는 더 자주 휴대폰이 쥐어져 있었다.

휴대폰으로 정보도 찾고, 영화도 보고, 전화 통화도 했지만,

동시에 아무것도 안 하고 있었던 상태다.

집에서 휴식을 취하면서도 난 단 한 번도 바깥세상으로부터

완전히 분리되어 본 적이 없었다.

나 자신과도 온전히 연결되지 못했다.

하지만 자연이라는 거대한 집에서, 소파가 아닌 모래 바닥에

누워 휴대폰 대신 하늘과 구름 그리고 별을 볼 때면

나와 내가 속한 이 세상이 완벽하게 연결된다고 느껴졌다.

사람들은 묻는다.

"사막에서 뭐 해? 심심하지 않았어?"

이 질문을 받고서야 깨달았다.

사막에서는 단 한 순간도 심심한 적이 없었다는 것을.

항상 그렇게 살아왔던 것만 같았다.

오히려 사람들이 그토록 동경하는 파리에 살면서 심심하다고
느낀 적이 더 많았다.

"아니, 전혀 안 심심했는데!"

내 대답에 상대는 이해가 안 된다는 표정이었지만 사실이었다.

사막에 와서 사라진 건 지루함만이 아니었다.

시간 감각도 온전히 사라졌다. 사막에서는 시간을 볼 필요도,
휴대폰을 충전할 필요도 없다. 자연스럽게 단 한 번도 시계를
보지 않게 되었다. 모든 시간 감각이 사라졌다.

어느새 내 유일한 시계는 해와 달과 별이 되었다.

오늘이 며칠인지, 무슨 요일인지, 지금이 몇 시인지
알지도 못했고, 알려고 하지도 않았다.

유일하게 아쉬운 건 딱 한 가지,

얼마 후면 이 행복한 시간이 끝난다는 사실이었다.

그래서 더더욱 매 순간을 헛되이 보내고 싶지 않았다.

종종 일행과 조금 떨어진 곳에 있는 언덕을 찾아 올라갔다.

언덕 위에 홀로 앉아 있으면 끝없이 펼쳐지는 광활한 사막과
물결처럼 이어져 있는 사구들이 보였다. 다른 때였으면
자연의 웅장함이나 광활함에 압도되었겠지만
이번에는 달랐다.
풍경에 압도되는 것이 아니라 자연의 광활함이 내 안으로
깊숙이 들어오는 기분이 들었다.
나는 눈앞의 광경을 보고 있었지만, 정말로 내가 보고 있는 건
나의 내면의 무늬인 것 같았다.

사막은 항상 내 밖에 있는 것이 아니라 늘 내 안에 있었다.
이제야 오랫동안 내 안에 있던 사막을 밖으로 꺼내어
눈으로 확인하는 것 같았다.
내 안에서 무언가 끓어오르기 시작했다.
그동안 내 안에서 나를 짓누르고 있던 감정들이
용암처럼 터져 나오는 것을 느꼈다.
동시에 엄청난 슬픔이 파도처럼 나를 덮쳤다.
이 슬픔은 일상에서 종종 느끼는
분노가 섞인 우울함이나 슬픔과는 결이 달랐다.

보통 슬픔은 슬픔의 그늘을 더 깊게 만들고는 했는데,
지금은 슬픔이 슬픔을 위로하고 있었다.
때때로 슬픔은 더 깊은 슬픔으로만 치유될 수 있는 건지도
모르겠다.

신과

사막

유목민에게는 기도가 물만큼이나 중요하다.

걷다가도 중간중간 한 명씩 무리에서 벗어나 사막 깊숙이

들어가서 홀로 기도하는 모습을 보았다.

사막이 순식간에 성전으로 변하는 순간이었다.

물이 육체적 갈증을 해소한다면,

기도는 유목민들의 영혼의 갈증을 해소하고 있었다.

★

모든 별이 천천히 돌고, 온 하늘이 시간을 새긴다.

달은 신의 지혜에 의해 무(無)로 돌아와 모래 위로 기운다.

– 생텍쥐페리 〈인간의 대지〉 중

나 역시 신을 믿는다.

신은 모든 곳에 존재하지만, 신을 가장 가까이에서 만날 수
있는 곳은 우리 마음 가장 깊숙한 곳일 테다.

기도를 통해 우리의 마음 가장 깊은 곳으로 들어가면
빛나는 무언가와 마주하게 된다. 그 순간 신을 느낄 수 있고,
그럴 때는 아주 잠깐이나마 마음에 온전한 평화가 들어선다.

신기하게도 아무것도 없는 사막에서는 신의 존재를 더 잘
느낄 수 있었다. 사구에 홀로 앉아 물결처럼 파도치는 사막을
바라보고 있으면 기도를 하는 것처럼 나의 마음속 가장
깊숙한 곳으로 들어가곤 했다. 신은 사막 어디에나 있었다.
광활한 사막을 가로지르는 바람 속에도,
모래가 바람을 만나 부르는 노래 속에도,
사막을 찬찬히 금빛으로 물들이는 태양 안에도,
촘촘히 밤하늘을 수놓은 빛나는 별에도 신이 있었다.

물론, 일상에서도 신은 늘 존재했을 것이다.
콩나물시루처럼 끼어서 가던 출근길 지하철 안에도,

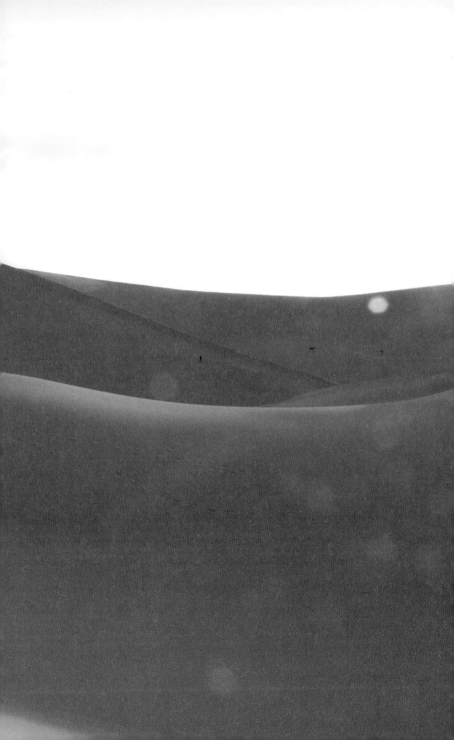

자정까지 남아 야근하고 있던 사무실 안에도,

통장 잔고를 들여다보며 한숨짓고 있던 순간에도,

혼자 어딘가에 틀어박혀 울고 있던 순간에도.

하지만 신을 만나러 나의 내면 깊숙한 곳으로 들어가는 길에는

불평과 불만 그리고 두려움이 늘 가로막고 있었다.

사막에서는 이 모든 장벽이 잠시나마 걷힌 느낌이었다.

모든 게 결국 가야 하는 방향으로 가게 될 거라는 믿음.

이 길이 나를 어디로 안내하는지는 모르겠지만

그곳이 내가 도달해야 하는 곳일 거라는 믿음.

아직은 사막에 숨겨진 오아시스처럼 눈에 보이진 않지만

언젠가 이 모든 발자국이 인도하는 '그곳'에 도착하게 되면

그때는 알게 될 거라는 믿음.

아무것도 없는 사막에서 최소한의 짐만 가지고 걷고 있으니

그런 믿음에 더욱 가까워지는 것 같았다.

그리고 아이러니하게도 일상에서 멀어져 사막에 있자

일상의 모든 행위가 신성하게 느껴졌다. 이를 닦고, 샤워하고,

물을 마시는 등 사소한 행위들이 그 자체로 신성했다.

그리고 그 신성한 행위들이 모여서 일상이라는 기적을 만들고

있었다. 신은 그 기적 한가운데 있었다.

사막에

무지개가

뜬다면

매일 밤에는 작은 모닥불 음악회가 열렸다.

저녁을 먹고 모두 모닥불 주위에 동그랗게 모여 앉으면

하리파가 기타를 치며 노래를 불렀고, 그의 가장 친한 친구

모하메드가 어디선가 가져온 통을 두드렸다.

하지만 유목민 가이드들과 우리가 모두 다 아는 노래라고는

〈징글벨〉밖에 없었기에 함께 아는 노래를 찾아서 부르기는

쉽지 않았다.

하리파는 뮤지션이고 항상 무엇을 하든 노래를 흥얼거렸지만,
모닥불 앞에서 단독으로 노래를 부르려니 어색했던 건지,
아니면 재미가 없었던 건지 몇 곡만 부르고 말았다.
진짜 사막 음악회는 이렇게 유목민 가이드들이 우리를 위해
일부러 마련한 자리가 아니었다.
나의 기억 속에 아직까지 생생하게 남아 있는 사막 음악회는
우리가 잠자리에 들면 유목민 가이드들이 하루의 피로를 풀고
즐기기 위해 즉흥적으로 여는, 말 그대로 음악의 축제였다.

일행 대부분이 잠자리에 들어갔을 때
나는 하늘에 잔뜩 뿌려진 별을 카메라로 담고 있었다.
나의 부족한 사진 실력을 탓하며 모래 언덕 위에 침낭을 깔고
잠이 들 준비를 시작할 때, 언덕 아래에서 모닥불 연기와 함께
올라오는 솔렌의 노랫소리를 들었다.
그녀는 즉석에서 작곡한 곡을 기타로 연주하며 노래를 불렀다.

"나는 낙타 등에 올라가 세상을 여행하지.
내가 제일 좋아하는 건 사막 언덕을 미끄럼틀처럼 타고 내려와

세상을 거꾸로 보는 거야."

그녀의 감미로운 목소리와 아름다운 가사가 들려와 나는
침낭에 들어가지 않고 모닥불 옆에 자리 잡았다.
모닥불 옆에는 하리파와 모하메드, 솔렌과 끌레르가 있었다.
주로 하리파나 모하메드가 기타를 잡고 반주를 넣기 시작하면
우리 중 한 명이 떠오르는 멜로디나 노래를 부르기 시작했고
다른 이들은 거기에 화음을 맞춰 따라 불렀다.
끌레르가 갑자기 나에게 부탁했다.
"한국 노래 하나만 불러주면 안 돼?"
"한국 노래?"
"응, 한국 노래 듣고 싶어."
모하메드가 기타 반주를 시작했고, 나는 얼떨결에
나 빼고 여기 있는 이들 중 그 누구도 들어본 적 없을
이문세의 〈가로수 그늘 아래 서면〉을 불렀다.
반주를 하는 모하메드는 전혀 모르는 곡이었지만
내 멜로디를 따라 반주를 넣기 시작했고,
나는 기억을 더듬어 가사를 찾아가며 부르기 시작했다.

"라일락 꽃향기 맡으면, 잊을 수 없는 기억에,

햇살 가득 눈부신 슬픔 안고, 버스 창가에 기대 우네."

별이 빛나는 사하라 사막 한가운데서 모닥불 옆에 앉아

사막의 유목민들과 프랑스인들 앞에서 이문세 노래를 부르고

있는 지금 이 순간과 그런 나 자신이 무척이나

214비현실적으로 느껴졌다. 이 고요한 사막에서 그들은

내 노래에 귀를 기울여주었고, 어느 순간 낙타 관리인

목타르까지 와서 팔베게를 베고 누워서 듣고 있었다.

모로코 유목민과 프랑스 사람들이 한국어로 부르는 이 노래를,

가사도 알아듣지 못하는 상태로 얼마나 공감할 수 있었을까?

내 착각이었는지는 모르겠지만, 이 노래를 듣고 있는 그들의

표정에서는 가사로 미처 다 이해하지 못한 것들을

마음으로 귀 기울여 듣는 것을 느낄 수 있었다.

떨리는 목소리로 부른 노래가 끝나자 모두

지나칠 정도의 찬사를 보내주었다.

내 노래가 끝나고 우리의 즉흥 음악회는 본격적으로

시작되었다. 누군가가 기타로 즉흥 멜로디를 연주하면
다른 누군가는 노래를 불렀고, 나머지 사람들은 이에 맞춰
흥얼거렸다. 그 자체가 음악이, 그리고 노래가 되었다.
심지어 솔렌은 즉석에서 가사를 지어 하리파나 모하메드가
연주하는 멜로디에 함께 넣어 부르곤 했다. 이때 나는 알았다.
모두가 아는 노래가 없어도 다 같이 노래를 부르는 데는
아무런 장애가 되지 않는다는 것을.

함께 부르고자 하는 마음만 있으면 된다.
이 순간이 영원히 지속되면 좋겠다는 생각이 들었다.

그렇게 노래를 부르던 중 하리파가 물었다.
"너희 농담 아는 거 있어?"
"농담?"
"응."
"글쎄, 지금 당장은 생각이 안 나는데."
"그럼 내가 문제를 내 볼 테니 답을 맞혀 봐. 뿔이 없을 때도
있고, 두 개가 생기기도 하는 게 있어. 이게 뭘까?"
"염소?"

사막은 세상에서 가장 아름다우면서도 슬픈 풍경이다.

– 생텍쥐페리 〈어린 왕자〉 중

"아니."

"아, 알겠다. 유니콘?"

"아니."

우리기 도무지 모르겠다는 표정을 짓자

그는 하늘을 가리키며 말했다.

"멀리 있지 않아."

내가 불현듯 떠올라 말했다.

"달!"

"정답!"

"맞추면 뭐가 있는 거야?"

하리파는 농담으로 "저기 저 낙타 한 마리." 하면서 웃더니,

두 번째 문제를 냈다.

"여자와 낙타의 차이가 뭔지 알아?"

한참 동안 아무도 답을 맞히지 못하자

결국 하리파가 답을 말했다.

"여자와는 삶을 건너고, 낙타와는 사막을 건너지."

고등학생 끌레르가 김이 빠진다는 표정으로

"에이, 그게 무슨 농담이야."라며 싱겁다는 듯 웃었고,

나 역시 따라 웃었지만 마음속으로 생각했다.

'그리고 삶의 동반자와는 인생의 사막을 함께 건너지.'

우리는 그렇게 새벽까지 노래를 부르고 농담을 하다가
잘 채비를 하고 모닥불 옆에 침낭을 깔고 누웠다.
그 순간이 너무도 행복해서 바로 잠들고 싶지 않았다.
누워서 좀 더 별을 바라보다 자고 싶었지만, 얼마 지나지 않아
나도 모르게 스르르 깊은 잠에 빠져버렸다.
행복한 날은 늘 잠도 쉽게 찾아왔다.
그렇게 사막에 와서 처음으로
누운 지 얼마 안 돼 잠이 들었다.

하지만 단잠도 얼마 가지 못했다.
얼굴에 한 방울, 두 방울 물이 떨어지기 시작하더니
어느새 얼굴로 빗줄기가 사정없이 내리치기 시작했다.
주위를 둘러보니 야외에서 자던 이들 모두 짐을 챙겨
텐트 안으로 대피하고 있었다.
사막에 비가, 그것도 소낙비가 내리기 시작한 것이다.

다음 날, 나는 아침 일찍 일어났고 떠오르는 태양을 보려고
모래 언덕에 올라갔다. 태양이 완전히 떠올랐을 때
내 뒤에서 알렉스가 나를 부르며 내 뒤편의 하늘을 가리켰다.
그의 손가락을 따라 하늘을 본 나는
내 눈앞에 펼쳐진 광경을 믿을 수가 없었다.
너무도 찬란한 무지개가 광활한 사막 한가운데 걸쳐 있었다.

사막에서 이토록 아름다운 무지개를 보리라고는
상상도 하지 못했다.

나는 사막에도 비가 내리고 무지개가 뜬다는 사실을 이때 처음
알았다. 그리고 그 무지개가 사라지면 모래에 떨어진 빗방울이
척박한 사막에 생명을 내린다는 것을.
어느새 무지개는 두 겹이 되어 우리의 텐트 뒤 하늘에
걸려 있었다. 나는 희망한다. 아니, 믿는다.
아무런 희망이 존재하지 않는 것처럼 느껴지는 사막 같은
우리 인생에도 비가 오고 무지개가 뜨는 날이 있다는 것을.

아름다운 것들만

언제나

끝이 있다

"늘 좋은 것들만 끝이 있어."

남편이 입버릇처럼 하는 이 말을 처음 들었을 때는
이해하지 못했다. 분명 인생에서는 좋지 않은 일들도
언젠가는 끝이 나는데 왜 좋은 것들만 끝이 있다고 할까.
시간이 지나고 나서야 알게 되었다.
빨리 끝났으면 좋겠다고 생각하는 일은 끝이 아쉽지

않다는 것, 오히려 안도와 해방감을 느낀다는 것을.
하지만 정말 끝나지 않았으면 하는 일은
오랫동안 두고두고 끝이 아쉽다는 것을.

오늘은 다른 날보다 걷는 일이 더욱 쉽지 않았다.
지금까지 걸었던 거리 중 제일 길었고, 날도 무척이나 더웠다.

하지만 나를 정말 힘들게 하는 건 더위도, 피로도 아니었다.
벌써 내일이면 이 여행이 끝난다는 사실이었다.
남편의 말처럼 좋은 것들만 끝이 있다지만 이제야 사막과
하나가 되어 가는 것 같은데 벌써 여행이 끝난다니.
이 사실을 받아들이기가 무척 힘들었다.
걷고 있는데, 솔렌이 다가와 말했다.
"오늘 저녁은 우리가 처음에 밤을 보냈던 정착된 비우박으로
돌아간대."
"설마. 오늘도 사막에서 야영하는 거 아니야?"
"그런다고 하던데."
"그러면 사실상 여행이 끝나는 거잖아!"
"그렇지."

"나는 벌써 끝내고 싶지 않은데."

시간과 날짜를 벗어난 공간에서 약 일주일 가까이 생활하다
이제 다시 일상의 공간으로 돌아가야 한다는 사실이 믿기지
않았다. 무한성이라는 바다에서 헤엄치다 한계와 제약이라는
빽빽한 그물 안으로 들어가는 것과 마찬가지였다.

물론 비우박도 사막에 있기는 하다. 하지만 그곳은
지금처럼 걷다가 아무것도 없는 바닥에 짐을 놓고 텐트를 치고
모닥불을 피우는 유목민의 터전이 아니었다.
그곳으로 돌아간다는 것은
별 대신 벽이, 바람 대신 창과 문이 있음을 의미했다.

오늘 저녁을 보낼 장소에 다가가자 저 멀리 안테나가 보이기
시작했고, 여태까지 본 사막과는 다른 메마른 평지에 가까운
전경이 펼쳐지기 시작했다. 다시 처음 떠나왔던 곳으로
돌아가는 것이니 분명 그때도 같은 경관을 봤겠지만,
사막 깊숙한 곳에서 며칠을 보내고 돌아오니 그때와는
다르게 보였다. 사막이 변한 것일까? 아니다.

바람과 모래와 별들뿐.

하지만 이 어둠 속에서,

이 세상에 추억 외에 가진 것이라곤 아무것도 없는

예닐곱 명의 사나이들은 눈에 보이지 않는 부를 서로 나누고 있었다.

우리는 마침내 서로 만난 것이다.

– 생텍쥐페리 〈인간의 대지〉 중

채 일주일도 되지 않은 시간 동안 내가 변한 것이다.

다행히 오늘 밤을 보낼 곳은 고정된 비우박이 아니었다.
여느 때와 마찬가지로 낙타에서 짐을 내리고 텐트를 치고
오늘 밤만 머무를 야영지가 완성되었지만,
더 이상 똑같지 않았다. 여태까지 한 번도 보지 못했던
사막 위에 버려진 쓰레기가 보였다.
나는 내 안의 사막이 여기서 이미 끝났음을 느꼈다.
점심을 먹고 휴식을 취하고 있는데 저 멀리서 지프차가
다가오더니 첫날 만났던 여행사 사장 사이드가 내렸다.
그는 우리에게 다가와 물었다.
"여행 어땠어?"
"너무 좋아서 벌써부터 다시 오고 싶어. 더 길게."
그는 나를 보며 웃으며 말했다.
"그래. 다음에는 더 길게 와. 우리는 한 달짜리 트레킹도 있어."

저녁에 마지막으로 별과 달을 보려고 모래 언덕에 올라갔다.
언덕 위에 서니 한쪽으로는 달과 별로 가득한 사하라 사막의

하늘이, 다른 한쪽으로는 안테나와 마을에서 새어 나오는
불빛이 보였다. 문명과 다시 가까워졌다는 뜻이었다.
달과 별이 빛나는 하늘은 이제 내가 떠나야 하는 곳이었고,
안테나와 불빛이 있는 곳은 내가 다시 돌아가야 하는
곳이었다. 나는 문명을 등지고 앉아 한참 동안
별과 달을 바라보았다. 기억할 수 있을까?

이 사막과 별과 달을. 그리고 지금 이 순간의 나를?

다음 날 아침에 일어나 도시로 가기 위해 깨끗한 옷으로
갈아입기 전에, 나는 가져온 물티슈로 온몸을 닦고
사막에 와서 처음으로 이를 닦았다. 여태까지는 물을 아껴야
한다는 생각으로 이를 닦을 생각도 하지 못했다.
며칠 만에 이를 닦으니 모든 동작 하나하나가 새롭게 느껴졌고
생각지도 못한 기쁨을 느꼈다. 그러면서 깨달았다.
반복적으로 하던 일상적인 행위들이 사실은
얼마나 경이롭고 성스러운 행위였는지. 그리고 보면
우리 일상 곳곳에 경이롭지 않은 것은 단 하나도 없었다.

우리는 여태까지 우리를 안내해준 사하라 사막 유목민들에게
작별 인사를 하였다.
"다음에 또 만나기를 바라요."라는 내 인사와 포옹에 마치
아빠처럼 느껴졌던 최고의 사막 요리사 이브라임이 답했다.
"인샬라(만약 신이 원하신다면)."

어느새 솔렌은 울기 시작했다. 나 역시 사막을 떠나면서
무언가 돌처럼 묵직한 것이 마음을 누르는 것을 느꼈다.
사막과 벌써 이별하고 싶지 않은데, 이별의 시간이 생각보다
너무 빨리 다가온 것에 대한 슬픔과 아쉬움이 나를 덮쳤다.

가는 도중 엠마가 말했다.

"시간이 너무 빨리 지나간 것 같은데,
또 동시에 아주 오래전의 일 같아."

그 말에 모두 공감했다.
어쩌면 사막을 빠져나온 그 순간부터 우리에게 사막에서의

모든 기억은 이미 오래전 과거의 일이 되었을지도 모른다.

삶의 마법은 어느 순간 결국 깨지기 마련이지만,

그럼에도 나는 여전히 믿는다.

영원히 깨지지 않을 마법도 존재한나고.

깊은 평화

"딸 이름이 뭐야?"

"슈카이나."

"너무 예쁜 이름이다. 뜻이 있어?"

"깊은 평화라는 뜻이야."

슈카이나는 내가 이번 사막 도보 여행을 떠날 때 선택한
여행사의 공동 대표인 사이드와 카렌 사이에 얼마 전에 태어난

사하라 사막은 우리의 내면에서 제 모습을 드러낸다.

사막에 이르는 일.

그것은 오아시스를 찾는 일이 아니라

샘 그 자체를 우리의 종교로 만드는 일이다.

– 생텍쥐페리 〈인간의 대지〉 중

딸이다. 카렌은 자신의 딸을 '사막의 공주'라고 했다.
아직 돌도 지나지 않았지만, 벌써 사막을 자신의 땅처럼
다닌다고 했다. 나와 동갑인 카렌의 삶은
그녀의 첫 번째 사하라 사막 여행 이후 완전히 변했다.

"서른 살이 되었을 때, 인생의 전환점이 필요하다고
절실하게 느꼈어. 그때는 마르티니크라는 카리브해에 있는
프랑스 해외 영토에 살고 있었어. 바닷가에 살았으니
바다와는 완전히 반대되는 곳으로 떠나고 싶었지.
그래서 사하라 사막을 선택했어. 일주일 동안 사하라 사막을
걸었는데, 그때의 가이드가 사이드였어.
그렇게 그를 만나게 되었고, 일주일 동안 사막을 걸으면서
서로에 대한 감정이 싹트기 시작했어.
여행에서 돌아와서 사이드를 만나러 다시 사막으로 갔어.
사하라 사막에서 그와 함께 시간을 보내면서 사랑에 빠졌고,
함께 여행사를 차리겠다고 결심하게 되었어."
"사막에서 뭐가 그렇게 좋았는데?"
"세상과 접속이 끊기고, 자유롭고, 무엇보다 거의 아무것도

없이 살아가는 경험이 사막을 다녀온 후의 일상에서 많은
도움이 되었어. 물질적인 면에서 굉장히 자유로워졌거든.
많은 사람이 모래사막을 좋아하는데,
나는 사하라의 돌사막이 더 좋았어.
돌사막은 자연과 더 깊숙이 연결된 듯한 느낌이 들거든."

그녀가 왜 돌사막을 더 좋아하는지 알 수 있을 것 같았다.
나 역시 황금빛 모래로 뒤덮인 사막보다 돌사막을 걸을 때
사막의 심장 부위에 더 가까이 다가간 느낌이 들었으니까.

"내가 다시 사이드를 만나러 사막에 가서
그와 함께 시간을 보냈을 때, 사이드는 종종
낙타를 끌고 가면서 노래를 흥얼거리고는 했어.
나는 사막 한가운데서 그가 부르는 멜로디에 매료되었지.
마치 마법 같았어."

둘은 그렇게 사막 에코 트레킹을 전문으로 하는
현지 여행사를 세운 뒤 결혼했고, 또 얼마 뒤 '깊은 평화'라는

이름을 가진 딸을 낳았다. 원래 IT 분야에서 일하던 그녀는 사막을 다녀온 후 회사를 떠나 자연치료사가 되었다. 사막 여행 이후 삶이 완전히 바뀐 것이다.

"사막으로 떠났을 때만 해도 회사에 다니고 있었는데, 나는 내가 하는 일을 좋아하지 않았어. 다니고 있던 회사에서 늘 나는 큰 조직의 부품 그 이상도 이하도 아니라는 느낌을 받았거든. 사막에 다녀와서는 회사를 그만두고 본격적으로 자연치료사가 되는 교육을 받고 여행사와 함께 이 일을 병행하고 있어. 지금은 내 일에서 행복함을 느껴."

"거의 5년 만에 삶이 완전히 변한 거네? 사는 곳도, 직업도, 결혼에 출산까지."

"응. 십 년 전에 나를 알았던 사람들은 지금 나를 만나면 아마 알아보기 힘들 거야. 그때는 전혀 다른 사람이었거든. 지금은 행복해. 내 안의 평화 속에 살고 있거든."

"어떻게 평화가 생겼다는 것을 알 수 있어?"

"이걸 어떻게 설명해야 할지 모르겠는데, 많은 생각이나 걱정이 들지 않아."

"걱정이 안 된다고? 그게 어떻게 가능해?"

"모로코 정세가 내일이라도 변하면 여행사도
문을 닫아야 할지 몰라.
지금 하고 있는 자연치료사도 일정한 수입을 보상해주진
않지. 그런데도 특별히 걱정되지는 않아. 지금 내 삶에
만족하니까. 그냥 내가 속한 지금 이 순간을 온전히 살고 있어.

과거를 뒤돌아보지 않고, 미래를 두려워하지 않고.
삶에 대한 믿음이 있거든."

나는 평화를 찾았다는 그녀가 진심으로 부러웠다.
깊은 평화란, 어쩌면 사막으로 떠나는 우리 모두가 찾고 싶어
하는 무언가가 아닐까? 인생이라는 사막을 건너면서
마음속에 오아시스 같은 평화가 자리 잡고 있다면,
그녀의 말처럼 어제와 내일을 생각하지 않고
오직 한 걸음 한 걸음에만 온전히 집중하고 즐길 수 있을지도
모르겠다. 나 또한 아직은 그런 평화를 갖지 못했지만,
언젠가는 가질 수 있으리라 꿈꿔본다.

사막은

언제나

내 마음속에

마라케시로 돌아가는 길에 일행 중 아이트 벤 하두라는
유네스코 문화유산으로 지정된 요새 도시에 들러야 하는 이가
있어, 우리 모두 거기에 들러 점심을 먹고 관광을 했다.
관광객으로 가득한 거리에서는 상인들의 호객 행위가
이어졌다. 일주일 가까이 고요로 가득한 사막에 있다가
갑자기 닥친 이 소음을 도저히 참을 수가 없었다.
머리가 아프고 눈이 따가우면서 눈물이 흐르기 시작했다.

결국에는 요새를 다 둘러보지 못한 채 발걸음을 돌려
일행과 다시 만나기로 한 장소로 갔다. 그 후로도 온종일
차를 타고 지칠 대로 지쳐서 마라케시에 도착했다.
사막에서는 아무리 뙤약볕에서 걸어도 피곤하다는 생각이
들지 않아 신기할 정도였는데, 여정이 끝나고 차를 타고
돌아오는 길에는 갑자기 엄청난 피로가 몰려왔다.
일행들도 똑같이 말했다.

"잠을 못 잘 때도 하나도 안 피곤했는데, 갑자기 엄청 피곤해."

마라케시에 도착한 날 밤에 머물렀던 호스텔로 다시 돌아와서
거의 일주일 만에 샤워를 했다. 전에는 머리를 감고 샤워를
하는 게 이토록 특별한 행위인지 몰랐다.
샤워 후에는 일주일 만에 처음으로 시원한 맥주를 마시고
깨끗한 시트와 베개가 있는 침대에 누웠다.
엄청난 호사를 누리는 것만 같았다.
하지만 이 익숙함이 어딘가 모르게 어색했다.
다시 내가 아는 익숙한 문명으로 돌아온 것이 편하고 좋기도
했다. 하지만 며칠 동안 사막에서 살아본 유목민의 삶이

★

그 많은 별들 가운데

우리 손이 미치는 곳에 존재하고

새벽 식사로 맛있는 냄새가 나는 밥 한 그릇을 차려 주는 별은

오직 하나, 지구뿐이다.

– 생텍쥐페리 〈인간의 대지〉 중

© mélodie du désert

벌써부터 미칠 듯이 그리웠다.

한 번이라도 다르게 살아봤다는 사실이 여태까지의 당연함을 물음표로 바꿔 놓았다. 일상으로 돌아가더라도 마음 한구석엔 늘 사막이 있을 것이라고 확신하는 순간이 있다.

드디어 모든 사막 여행을 마치고 파리로 돌아가는 비행기에서 나는 창가에 앉아 낮이 밤이 되어 가는 과정을 지켜봤다. 구름은 굽이치는 파도 같았다. 사막에서도 모래 언덕이 광활한 모래 바다에 떠 있는 작은 섬들 같다고 생각했다.

그리고 보면 우주의 모든 것은 서로 닮은 구석이 있었다. 하늘과 바다가, 바다와 사막이, 그리고 사막과 내 마음이 그렇듯. 예전 같았으면 무심코 넘겼을 해가 지고 해가 뜨는 광경이 여행 이후엔 달리 보였다. 파리로 돌아가는 세 시간이 넘는 비행시간 동안 그 장면을 한순간도 놓치고 싶지 않았다. 지는 노을과 파도 같은 구름, 그 위로 서서히 내려오는 밤, 빛이 사라지며 찾아온 푸르스름한 어둠, 그리고 그 어둠과 함께 모습을 드러내는 별 하나.

그 어느 것 하나도 아름답지 않은 것이 없었다.

밤하늘을 가로지르는 비행기 안에서 나는

사막 모래 언덕 위에서 일몰을 볼 때처럼 감동했다.

왜 생텍쥐페리가 그토록 밤 비행을 사랑했는지

알 수 있을 것 같았다.

오를리 공항에 착륙해 비행기에서 나오자마자

은행 광고 문구가 온 통로에 공격적으로 붙어 있었다.

"모든 것이 야망에 달려 있다"

지구상에 아직도 야망이 설 자리가 없는 사막 같은 공간이

존재해서 다행이라고 생각했다.

광활한 사막 언덕에 단 한 번이라도 혼자 앉아 있어 본 사람은

안다. 야망이 이 우주에서 얼마나 공허한 단어인지.

집으로 오는 길에 사막에서 내가 배운 것들이 뭐가 있을까

하나하나 적어보았다.

- 해가 뜨고 해가 지는 게 세상에서 가장 아름다운 전경이라는 것.
- 이를 닦고 샤워를 하는 일상의 행위가 성스러운 행위라는 것.
- 물은 삶이라는 것.
- 별과 달은 인터넷이나 영화보다 더 흥미진진하다는 것.
- 고요는 그 무엇보다 값지다는 것.

- 사막에서도 비 몇 방울로 생명이 자란다는 것.
- 사막은 이미 우리 마음속에 있다는 것.
- 혼자서는 결코 사막을 건널 수 없다는 것.
- 광활한 사막에서 우리는 왔다 가는 바람과도 같다는 것.
- 아무것도 없을 때 모든 것이 보인다는 것.

이제 현실로 돌아왔으니 또다시 힘든 일상이 시작되겠지만
나는 안다. 힘들고 지칠 때면 사막 언덕에 홀로
고요히 앉아 있던 그때로 돌아갈 수 있다는 것을.
끝없이 이어지는 사막과 사구를 보며 느꼈던 마음의 평화를
떠올릴 것이다. 뜨고 지는 태양과 반짝이는 별들,
충만하고 행복했던 그 순간들을.

그리고 기억할 것이다.

힘들 때 달려갈 수 있는 마음의 사막이 늘 내 안에 있음을.

그 노래가

하늘로 올라가   에필로그

별이 된 거라고

새해를 시작하는 첫날이 거의 끝나갈 무렵
전혀 예상치 못한 방식으로 당신의 부고 소식을 접했어요.
사하라 사막 여행기를 연재하고 나서예요.
당신에 대한 글이 있었는데, 얼마 전에 같은 여행사를 통해
사하라 사막을 다녀온 한 독자가 그 글 아래에
장문의 댓글을 달면서였지요.

그녀는 자신의 가이드가 얼마 전에 동생이 사고로 죽었는데
뮤지션이라는 이야기를 했다고 해요.
뮤지션이라는 말을 듣자 뭔가 스치는 게 있어 이름을 물어보니
하리파라고 했다네요.
그 이름을 듣자 그녀는 내 글에서 본 당신 이름이 기억났지만
가슴 아픈 이야기라 차마 더는 묻지 못하고
미안하다는 말만 반복했다고 했지요.

하지만 당신의 형은 오히려 그런 그녀를 위로했다고 해요.
하늘의 뜻이고 인생이라 어쩔 수 없다고.
글에 적힌 이와 같은 사람일 수 있어 부고를 전했다는 그녀의
말에 나는 당신이 아니기를 간절히 바랐어요.
아니, 당신일 수 없다고 생각했어요.
이렇게 일찍 세상을 떠나기에는
당신은 너무 특별한 사람이니까요.

처음 당신을 봤을 때
당신에게는 남들에게 없는 특별한 것이 있다고 생각했어요.

나는 어두운 밤 속으로 들어간다. 비행을 계속한다.

나에게 남은 것은 별들뿐이다.

세상의 이와 같은 죽음은 더디게 진행된다.

나는 빛에서 조금씩 멀어진다.

– 생텍쥐페리 〈인간의 대지〉 중

아직 삶도, 그리고 죽음도 제대로 겪어본 적 없는 나는
순진하게도 죽음이 특별한 사람은 비켜 간다고 믿었나 봐요.
그러고 보니 처음 죽음에 대해 진지하게 생각해 본 것도,
당신과 함께 사구 위에 올라가 앉아 사막 안으로 사라지던
이글거리던 태양을 봤을 때였어요.
사막이 끓던 태양을 삼키더니 그 위로 별 하나가 태어났었죠.

당신도 지금은 별이 되어 사하라 사막 밤하늘 어디에선가
빛나고 있을까요?

어딘지 모르게 사하라 사막의 하늘을 닮은 당신이 사구에서
한쪽 팔로 머리를 받치고 비스듬히 누워 있을 때면,
당신이 사막과 하늘을 연결해주고 있다는 느낌이 들곤 했어요.
아무 불빛도 없는 사하라 사막의 밤을 오직 별빛만 따라
걸을 수 있었던 것도 당신이 부르던 노랫소리가 있었기에
가능했어요. 그 광활한 사막의 어두컴컴한 밤 한가운데서도
당신의 노랫소리는 별처럼 환하게 그곳을 비추곤 했거든요.
그런 당신에게 너무 당연하게 이끌리면서도

동시에 다가갈 수 없는 어떤 거리를 느끼곤 했어요.

어쩌면 사막의 하늘을 그토록 닮은 당신이 나와 같은 세상의
사람이 아니라는 것을 그때도 무의식적으로 느꼈나 봐요.
사막으로 걸어 들어가던 첫날,
당신은 나에게 다가와 처음으로 말을 걸었죠.
그때 나는 조금은 퉁명스럽게 대답했고,
대화는 곧 중단되었어요. 이제 와서 고백하자면 나는
두려워했던 거 같아요. 중력처럼 옆에 있는 모든 사람을
끌어당기는 당신의 보이지 않는 힘을요.

당신의 부고 소식을 듣고 새벽 내내 잠을 이루지 못했어요.
일주일도 채 안 되는 시간 동안 당신을 알았지만,
그리고 여행 이후에도 따로 연락한 적은 없었지만요.
하지만 누군가를 사막에서 일주일 동안 안다는 것은
다른 곳에서 일 년을 안 것보다 더 강렬한 경험이잖아요.
특히 당신처럼 내가 쓰는 글 속에서 몇 번이나 다시 만난
경우에는 더더욱이요.

이 책 또한 어쩌면 당신이 없었으면 영영 세상에 나오지
못했을지도 몰라요. 처음 여행기를 쓸 때는 몰랐는데,
나중에 글을 다시 읽어보고 알았어요.
당신이 제 사하라 사막 여행 곳곳에서
사막의 바람처럼 스치고 있었다는 것을….
누군가의 사진을 그토록 열심히 찍어본 건 거의 처음이었어요.
바람처럼 곧 사라질 것만 같던 당신을
사진으로나마 남기고 싶었나 봐요.
이제 어디에 가야 당신을 만날 수 있나요?

당신이 별이 되었다고 해도 당신이 보내는 빛은
수만 년이 지나서야 여기서 볼 수 있을 텐데,
그때면 저도 더 이상 이 세상 사람이 아니겠죠? 혹시 아니요?
저 역시 그때는 별이 되어 우주 다른 곳에서 반짝이고 있을지.
아니면 먼지가 되어 별똥별로 다시 지구에 떨어질지.
그러면 사하라 사막을 여행하던 또 다른 여행자가
떨어지는 별똥별을 보며 소원을 빌겠죠.
연인들은 진정한 사랑을 확인하고 뜨겁게 포옹할지도 몰라요.

그리고 또 다른 뮤지션은 사막 한복판에 앉아

반짝이는 별 아래서 노래를 시작하겠죠.

함께 부르기 위해 똑같은 노래를 알 필요는 없어요.

우리는 다 같은 마음이니까요.

그 마음과 마음이 사막에서 잠깐 스쳤던 거겠죠.

늘 그렇듯, 돌아서면 잊히는.

진정한 마법은 결코 오래가지 않아요.

하지만 우리가 그날 저녁 모닥불 옆에 앉아

함께 불렀던 그 노래는 오랫동안 기억할래요.

그리고 믿을래요.

그 노래가 하늘로 올라가 별이 된 거라고.

생텍쥐페리가 사랑한 땅

사하라를 걷다

초판 1쇄 발행 2019년 10월 15일
　　2쇄 발행 2019년 11월 15일

지은이　　　주형원
펴낸이　　　이혜경
책임편집　　백문영
디자인　　　여혜영
기획　　　　김혜림
온라인마케팅 이지아

펴낸곳　　　니케북스
출판등록　　2014년 4월 7일 제300-2014-102호
주소　　　　서울시 종로구 새문안로 92 광화문 오피시아 1717호
전화　　　　(02) 735-9515
팩스　　　　(02) 735-9518
전자우편　　nikebooks@naver.com
블로그　　　nikebooks.co.kr
페이스북　　www.facebook.com/nikebooks
인스타그램　www.instagram.com/nike_books

ⓒ 주형원, 2019
ISBN 979-11-89722-12-8 (03810)

이 도서의 국립중앙도서관 출판예정도서목록(CIP)은 서지정보유통지원시스템
홈페이지(http://seoji.nl.go.kr)와 국가자료종합목록 구축시스템(http://kolis-net.nl.go.kr)에서
이용하실 수 있습니다. (CIP제어번호 : CIP2019039157)